Aka Morchiladze
Der Filmvorführer

Roman

Aus dem Georgischen von Iunona Guruli

Weidle Verlag

Ich kenne Peter Goldsmith seit der Zeit, als bei uns geschossen wurde. Ich glaube, er war einer der ersten Ausländer, die nach Tbilissi gekommen sind.

Ich kann mir die Namen der internationalen Organisationen oder Stiftungen, die er in unserem Land vertreten hat und bis heute vertritt, nicht merken, aber dennoch sind wir alte Freunde: Wir waren ein paar Mal zusammen unterwegs und haben einige Abenteuer überstanden.

Auch in jener Nacht rief er mich an und sagte: »Hey, mein Freund, ich bin geschockt.« Seine Stimme klang irgendwie merkwürdig, wie aus dem Jenseits.

»Was ist?«

Es ist mehr als unüblich, daß ein Ausländer dich nach Mitternacht anruft.

»Ihr seid alle durchgeknallt! Beso ist weg.«

Beso ist der Fahrer von Peters Büro. Ein Typ aus Westgeorgien, etwa so alt wie wir: Er war stets glatt rasiert und trug ein gut gebügeltes einfaches Hemd.

Ich mußte lachen.

»Du wechselst die Arbeitsstellen fast jährlich und wunderst dich über Beso?«

Beso war schon lange Zeit Peters Fahrer – ein ruhiger junger Mann.

»Du verstehst das nicht«, stöhnte Peter, »Beso ist einfach verschwunden, zumindest glaube ich das. Heute morgen fuhr er mich wie immer, aber als er mich gegen Mittag ins Büro brachte, übergab er dem Geschäftsführer seine Schlüssel und bat ihn, mir nicht zu sagen, daß er uns verläßt. Sein Handy ist aus.«

»Ja und? Er war ein guter Fahrer, aber du findest auch einen anderen.«

»Du verstehst nichts. Beso hat seine Memoiren für mich zurückgelassen. Jetzt habe ich sie gelesen.«

Beso sagte zwar ab und zu schüchtern »thank you«, »yes« und »of course«, aber ...

»Er hat sie auf englisch geschrieben. Also, ich verstehe alles. Man kann sie ganz gut lesen. Jetzt bin ich total durcheinander. Morgen müssen wir zu Besos Haus fahren. Laß uns ihn suchen.«

Den Grund für Peters Aufregung konnte ich erst nachvollziehen, als ich die von Beso in ein einfaches Heft geschriebenen Aufzeichnungen gelesen hatte. Auf dem Heft war Michael Jordan abgebildet. »Okul defteri«, also Schulheft, stand noch daneben.

Peter setzte sich selbst ans Steuer seines weißen Jeeps, und wir suchten im Viertel Warketili das Haus, in dem Besos Familie angeblich leben sollte.

Dort wurde uns dann gesagt, die Familie sei wieder aufs Land gezogen, nicht in ein Dorf, sondern in die kleine Stadt, aus der sie einst weggezogen war, um irgendwie ihren Lebensunterhalt zu sichern.

Peter ließ nicht locker und fand die Ehefrau und die Kinder von Beso trotzdem. Er fuhr nicht selbst hin, telefonierte aber mit Besos Frau.

Das einzige, was wir erfuhren, war, daß Beso das Land verlassen hatte.

Genau wie Tausende andere.

Diese Auslandsreise gab einem noch mehr zu denken.

Peter und ich betranken uns. Was hätten wir sonst machen sollen? Wir betranken uns und redeten viel. Wir redeten so viel, daß es kein Reden mehr war, ein ganzes Buch wäre daraus entstanden.

Dennoch habe ich über diese Geschichte kein Buch geschrieben, ich habe lediglich Besos Heft übersetzt. Ich bin kein großartiger Übersetzer, aber ebensowenig war Beso perfekt im Englischen.

Aber das ist nicht das Wichtigste. Das Wichtigste ist die Story.

Peter überfliegt täglich die Nachrichtenseiten und ruft mich danach an:

»Bis jetzt nichts Neues.«

Und er seufzt.

1. Der Vater von Islam Sultanow, Husein, war der letzte Khan von Kirbal. Als die Kommunisten im riesigen Mittelasien angekommen waren und es rot zu färben begannen, traten sie mit Sultan Husein in Verhandlungen und verhandelten mit ihm so lange, bis sie ihn schließlich umbrachten.

Kirbal war ein kleines, gebirgiges Land, und die Kommunisten brauchten es lediglich dazu, um die auf seinen riesigen Bergen gelegenen Wege nach Süden zu nutzen.

Damals hieß Islam Sultanow einfach nur Islam, und er war das Nesthäkchen des ruhigen Khans. Er war, glaube ich, zu der Zeit vier oder fünf Jahre alt. Im Gegensatz zu seinen zahlreichen Brüdern versteckte er sich nicht in den Bergen oder flüchtete nach Afghanistan oder in den Iran, daher wurde er von den Kommunisten in einer Nacht-und-Nebel-Aktion gemeinsam mit seiner Mutter verhaftet und aus der Heimat verbannt. Islam und seine Mutter saßen sehr lange in einem Zug, dann landeten sie in der Stadt Tbilissi, unendlich weit vom Kalifat Kirbal entfernt. Sie wurden in einem Keller auf einer steilen Straße einquartiert, und man gab ihnen den Familiennamen Sultanow.

Islam Sultanow besuchte die russische Schule auf der Friedrich-Engels-Straße, während sich seine Mutter durch ihre Stickerei einen Namen machte. Sie hatte diese alte persische Meisterkunst erlernt. Sie bestickte Stofftaschentücher und verkaufte sie. Außerdem bereitete die Mutter für die Friedrich-Engels-Straße ungewöhnliche Gerichte zu und kochte starken Tee. Zugleich arbeitete sie als Putzfrau in einer Arbeiterkantine.

Islam Sultanow lernte Georgisch auf der Straße. Dort lernte er auch Armenisch und Kurdisch, während er Persisch und Arabisch bereits konnte.

Im Jahr 1938 wurden Islam Sultanow und seine Mutter verhaftet. Islam Sultanow war damals fast 17 Jahre alt. Er sah seine Mutter nie wieder. Die nächsten 20 Jahre verbrachte er im eisigen Sibirien.

Das Land Kirbal war zu der damaligen Zeit eine autonome Region innerhalb einer mittelasiatischen Republik. Islam Sultanow ist alt geworden, ohne je wieder dort gewesen zu sein.

Im Jahr 1957, gleich nach der Rückkehr aus der Verbannung, erfuhr er, daß ihm die Ansiedlung in größeren Städten verboten war. Er durfte nur eine Woche in Tbilissi bleiben, dann schickte man ihn in Begleitung eines Sonderschreibens und zweier Tscheka-Polizisten in ein kleines Städtchen in Westgeorgien, wo er weder Verwandte noch Bekannte, geschweige denn eine Bleibe hatte.

Die Stadt wählte er unter den angebotenen vier Städten selbst aus. Sie erschien ihm am menschlichsten. Wie er später sagte, hatte er schon in seiner Jugend von ihr gehört, und so dachte er, das sei ein guter Ort, um einen Neuanfang zu wagen.

Was für einen Neuanfang eigentlich? Er war fast vierzig, aber dennoch ...

Man fand für ihn einen Job als Filmvorführer beim Arbeiterklub der Stadt. Mit dieser Tätigkeit kannte er sich bereits seit Sibirien aus. Im Klub bekam er auch gleich ein Zimmer als Wohnung.

Er besaß nicht viel, für den Winter brauchte er lediglich einen Holzofen, und dann konnte er in seinem kleinen Zimmer mit Eingang im Hinterhof des Klubs wohnen.

In jener Zeit gab es dort nur Privathäuser. Die Stadt sah einem Dorf ähnlich, denn in ihren Außenbezirken standen noch keine der nutzlosen und häßlichen fünfstöckigen Arbeiterblocks, die später zum Auslöser von vielerlei Unglück wurden.

Höfe, Obstgärten und Weinstöcke, die säuerliche Trauben trugen: So sah die damalige Stadt aus.

Drei Schulen und ein aus der Königszeit stammender Freitagsbasar. Sonst gab es nichts.

Islam Sultanow war der einzige Ausländer in der Stadt.

Es war völlig anders als in Tbilissi, wo in jeder Straße fünf, sechs Sprachen zu hören waren.

Genau neben diesem Klub, in einem zweistöckigen Haus mit Holzbalkon, in dessen mit roten Weinranken überdachtem Hof die Pfirsich- und Pflaumenbäume wuchsen, kam ich fast ein Jahr nach Islam Sultanows Ankunft zur Welt.

Meine Mutter wurde nicht ins Geburtshaus gefahren, sie gebar mich zu Hause, weil meine Oma eine sehr bekannte Hebamme war.

2. Ich weiß nicht mal genau, wieso ich mich eigentlich an diese Geschichte erinnere, aber es gelingt mir irgendwie, sie schlüssig und literarisch zu erzählen. Obwohl ich ein Landei war, konnte ich bereits in der Schule gut schreiben, was in unserer Stadt zur damaligen Zeit durchaus unüblich war.

Vor den Kommunisten gab es bei uns ein berühmtes Lehrinstitut, und viele später berühmte Menschen zogen aus unserer Stadt nach Tbilissi. Aber als ich geboren wurde, existierte das berüchtigte Gefängnis am Stadtrand schon seit etwa zwanzig Jahren, und da erinnerte nichts mehr an Kultur und Lehre, weil das Gefängnis einen sehr großen Einfluß auf die Stadt hatte.

Als Kind konnte ich diesen Umstand weder verstehen noch fühlen, aber nach und nach drang er auch in meine Welt ein und machte mir das Leben schwer.

Ich erzähle irgendwie nicht wirklich fließend. Das kommt daher, daß ich mich noch nie auf englisch unterhalten und diese Sprache allein aus Büchern erlernt habe. Außerdem ist die Sprache meiner Stadt viel prägender für mich. Wenn ich einen Satz schreibe, höre ich die Sprache meiner Stadt.

Und die Sprache meiner Stadt ist Georgisch, auch wenn unser Dialekt sehr stark ist, deshalb versuche ich beim Schreiben alles erst ins Georgische zu übertragen und später ins Englische.

Die Sprache meiner Stadt ist eine vorwitzige, fröhliche, ein wenig gedehnte, ein bißchen bäuerliche und ein wenig gaunerische Sprache.

Da unsere Stadt ein sehr alter Handelsplatz und Basar ist, zieht sie auch Gauner an. Wenn man dazu die Nähe des Gefängnisses in Betracht zieht, wird einiges noch klarer. Wir müssen dazu bedenken, daß für die westgeorgische Redeweise ohnehin zweifache, manchmal sogar dreifache Bedeutungsebenen und Verschränkungen charakteristisch sind.

Trotzdem werde ich versuchen, unsere Gespräche möglichst verständlich zu übertragen.

Islam Sultanow beherrschte unsere Sprache nicht sonderlich gut. Er hatte große Schwierigkeiten, sie zu verstehen. Obwohl er auf georgisch sehr schlicht und verständlich redete. Erst später begriff ich, daß auf der ganzen Welt nur die Könige und ihre Sippen so schlicht und verständlich sprechen.

Woran erinnert man sich ganz genau aus seiner Kindheit?

Islam Sultanow sah ich zum ersten Mal in unserem Hof: Er war zu meiner Oma gekommen, um Eier zu kaufen. Oder vielleicht hatte ich ihn bei einer ganz anderen Gelegenheit gesehen, aber diese Szene vom Eierkaufen brannte sich in mein Gedächtnis ein.

Erst später erfuhr ich, daß das ihn betreffende Verbot, in Großstädten zu leben, längst abgelaufen war, aber er hatte es nicht mehr geschafft, von uns wegzugehen: Er besaß in Tbilissi nichts mehr, und in seinem hohen Alter hatte er wahrscheinlich keine Kraft, noch einmal ein neues Leben zu beginnen.

So sah es damals aus.

»Er hat sich schon aufgegeben«, sagte einmal meine Oma zu mir, als ich, bereits ein Jugendlicher, zu später Stunde aus dem kleinen Zimmer des Filmvorführers heimgekehrt, versuchte, in der Küche etwas Eßbares zu finden.

Damals waren wir schon enge Freunde. Islam Sultanow

lieh aus der kleinen Klubbibliothek Bücher aus und empfahl mir, sie zu lesen.

Wie wir zu Freunden wurden, weiß ich nicht mehr. Ich glaube, er brachte mir bei, wie man ein Seil flicht und die merkwürdigen, wahrscheinlich in den Lagern gelernten Knoten bindet.

Er hatte keine Freunde in der Stadt, wurde weder zu Hochzeiten noch zu Trauerfeiern eingeladen. Er mischte sich in nichts ein, und man vertraute ihm auch nicht. Zum einen, weil er für einen Tataren galt, wie man bei uns die Moslems nennt, und zum anderen hielt man ihn für einen Mann mit einem gefährlichen Lebenslauf.

Er war nie verheiratet. Ich hatte ihn sogar nie mit einer Frau sprechen gesehen. Später dachte ich, daß er wegen der so langen Gefangenschaft vielleicht irgendwelche Probleme hatte, aber ich konnte ihn natürlich nicht direkt darauf ansprechen.

Ich sah oft, wie er einen abgenutzten Teppich, den er, Gott weiß woher, mitgebracht hatte, auf dem Boden ausrollte und so betete, wie ich es später im Fernsehen, bei muslimischen Gebeten, wiedersah.

Er sah einem Tataren, nach unserem Verständnis, überhaupt nicht ähnlich. Er hatte ein weizenfarbenes, sehr symmetrisches und gepflegtes Gesicht, dünnes graues, nach hinten gekämmtes Haar und eine untersetzte Figur. Er besaß eine selbstgeschnitzte und -geknüpfte Kette, die er stets in der Hand hielt. Sein Gang war gemächlich, den Kopf hob er selten, meist starrte er beim Gehen auf die Erde.

Filmvorführungen fanden zweimal täglich statt, um 19 und 21 Uhr oder eine halbe Stunde nach dem Ende der ersten Vorstellung. Es kam öfters vor, daß die Filme aus zwei

Folgen bestanden, vor allem die indischen Filme, in denen die Lieder fast länger waren als ein Menschenleben.

Wie oft schaute ich einen Film aus dem Vorführraum an, durch jenes kleine Bullauge, aus dem der Film projiziert wird. Das war mein Privileg und meine Belohnung. Manchmal brachte ich einen vertrauenswürdigen Freund mit, den Islam Sultanow vorher begutachtet und eine Freundschaft mit ihm gebilligt hatte.

Mein Vater sagte nichts zu meinen vielen Aufenthalten beim Filmvorführer. Er arbeitete zu der Zeit als Taxifahrer und fuhr Leute in die benachbarten Dörfer oder Städte. Meine Mutter erklärte sich mein Herumhängen bei dem Tataren wahrscheinlich aus meiner Liebe zum Kino. Ich selbst konnte es durch nichts erklären. Ich glaube, in der Pubertät kommt ein Zeitpunkt, an dem man sich zu einem älteren, fremden Menschen hingezogen fühlt. Er scheint weicher und verständnisvoller zu sein, er weiß mehr als deine Familienangehörigen. Zumindest denkt man, daß dem so ist.

Mein Vater starb genau bei meinem Schulabschluß.

Sie waren zu fünft mit einem großen Lastwagen aus einem höhergelegenen Dorf losgefahren. Alle waren reichlich beschwipst. In einer Kurve am Fluß Khanistskali schaffte es der LKW-Fahrer nicht mehr, das Steuer herumzureißen. Es war Nacht, das Wetter drohte sich zu verschlechtern, und sie wollten sich beeilen, um rechtzeitig nach Hause zu kommen.

Jedes Jahr kam dort jemand ums Leben, und wahrscheinlich geschieht es bis heute, keine Ahnung.

Überall am Khanistskali sind auf Kreuzen und Basaltblöcken Fotos von Unfalltoten befestigt.

Drei sind gestorben, zwei haben überlebt. Sie hatten bei einem Verwandten gefeiert, eine Verlobung oder so.

Es waren furchtbare Tage.

Wißt ihr, wie die Frauen in unserer Stadt ihre Toten beweinen, und wißt ihr, wie die Herzen der Jungs brechen, wenn ihre Väter sterben?

Die Frauen unserer Stadt weinen nicht, sie kreischen. Wenn ihre Männer sterben, sind die Frauen mit ihrem Leben fertig. Sie ziehen die schwarzen Trauerkleider nie mehr aus, falls sie überhaupt vorhaben weiterzuleben. Meine Oma starb nach fünf Monaten. Sie zog nach dem Tod meines Vaters einen Schlußstrich. In unserer Stadt wird ein Jahr lang kein Fernseher oder Radio eingeschaltet, wenn jemand aus der eigenen Straße stirbt. So zeigt man Trauer. Die Jungs verstehen nichts, wenn ihre Väter sterben. Sie spüren einen gewissen Schmerz und begreifen, daß sie einen Raum füllen sollen. Einen großen, leeren Raum. Sie erinnern sich liebevoll an den Groll des Vaters und mit Wehmut an die Freundschaft mit ihm.

3. Im August fuhr ich nach Tbilissi und versuchte an der dortigen Universität die Aufnahmeprüfung für die philologische Fakultät zu bestehen.

Natürlich schaffte ich es nicht. Die Gesamtpunktzahl hatte nicht ausgereicht.

Diese ganze Aktion war von Anfang an sinnlos.

Die Mutter wollte, daß ich in Kutaissi in irgendeiner Berufsschule lernte.

Die Zeiten, als die Jugendlichen aus Kleinstädten direkt und ohne Schwierigkeiten einen Platz an den begehrten Fakultäten bekamen, waren längst vorbei.

Zudem war es auch merkwürdig, daß ein Junge aus unserer Region Philologie studieren wollte. Man kann doch die Kompetenz von Tbilissern im Lesen und Schreiben sowie im Dichten nicht mit den Kenntnissen eines Provinzlers vergleichen. Zu jener Zeit bezeichneten die Tbilisser uns bereits als Landeier.

Uns – also alle, die außerhalb von Tbilissi geboren waren.

Dieser Kampf war von vornherein verloren.

Ab Herbst hätte ich sowieso nicht mehr studieren können. Entweder wäre ich zur Armee eingezogen worden, oder ich hätte arbeiten müssen. Vater hatte mit seinem Taxi gut verdient, und nun mußten wir mit dem wenigen Geld, das die Mutter in der Textilfabrik erarbeitete, auskommen. Ich hatte noch jüngere Geschwister, wie hätte ich mich in Tbilissi durchbringen können? Damals gab es auch ein Fernstudium für Arbeiter, aber dazu mußte ich erst eine Arbeitsstelle finden und dann auf das nächste Jahr warten. Bis dahin hätte ich bestimmt auch die Einberufung bekommen.

Also wieder Hindernisse.

Islam Sultanow mischte sich nicht in meine Vorbereitungen auf das Studium ein. Er schien zwar ein wenig verwundert, gab mir aber keine Ratschläge. Er selbst hatte es nicht geschafft, an einer Universität zu studieren, und man merkte ihm an, daß er von diesen Dingen nicht viel verstand.

Aus diesen Gründen kehrte ich zurück, ohne an der Universität angenommen worden zu sein. Die Mutter begleitete mich nicht nach Tbilissi. Ein Onkel fuhr mich hin, und die ganzen dreizehn Tage während der Aufnahmeprüfungen wohnte ich bei einem entfernten Verwandten. Natürlich kehrte der Onkel gleich am nächsten Tag nach Hause zurück. Die Unannehmlichkeiten, die ich beim Zusammenleben mit den Verwandten empfunden habe, sind mir bis heute präsent. Bei uns gab es eine andere Art von Toiletten. Und überhaupt, ich war zum ersten Mal in einer Wohnung. Bis dahin lebte ich in einem Haus mit Garten, nun war ich eingesperrt.

Die Verwandten waren gute Menschen, aber seitdem habe ich sie nie wieder gesehen.

Auch mein Onkel war ein guter Mensch, aber er glaubte nicht an mein Philologen-Dasein. Georgischlehrer zu sein sei nicht für Männer, pflegte er zu sagen, »hier bei uns gibt es eine Försterei, eine Saftfabrik, wieso lernst du nicht so etwas, oder wieso hast du nicht die Berufsschule in Kutaissi gewählt?« Er redete immer wieder von einer Berufsschule.

Mir fiel es schwer, die Universität in Tbilissi zu finden, ich konnte mir den Weg dorthin nicht merken.

Mir war echt elend.

Damals galt es in unserer Stadt als große Schande, nach Hause zurückzukehren, ohne die notwendige Punktzahl erreicht zu haben. An den Tbilisser Hochschulen bewarben sich meist Mädchen, die versuchten, die Fakultät, an der sie studieren wollten, genau auszuwählen. Ganz durchzufallen war eine Katastrophe. In solchen Fällen gab die Familie bekannt, daß lediglich die notwendige Punktzahl für die angestrebte Fachrichtung nicht erreicht wurde, andernfalls würde man ein Jahr lang, bis zu den nächsten Prüfungen, bei jedem Zusammentreffen zu hören bekommen: »Ja, sie ist zwar im Heiratsalter, ist aber bei den Prüfungen durchgefallen.« Für die Jungs war es leichter, sie brauchten nur kurzzeitig eine Arbeit zu finden, sich die Arbeitsunterlagen zu besorgen, und dann konnten sie ein Fernstudium für irgendeinen Ingenieur-Quatsch absolvieren.

Ein Diplom war etwas sehr Wichtiges. Warum, weiß niemand. Wahrscheinlich wegen irgendeiner gesellschaftlichen Stellung. Sobald ein Mann heiratete, erwähnte von da an keiner sein Universitätsdiplom, aber davor hatte es einen gewissen Wert.

Mitte Oktober bekam ich die Benachrichtigung, daß ich zur Armee eingezogen würde.

Ich war kein Student, was hätte mich vor der Armee bewahrt?

Die Mutter versuchte ihr Bestes, um irgendwie eine Bescheinigung zu beschaffen, daß ich Halbwaise und der einzige Ernährer der Familie war, aber erstens wußte jeder, daß sie in der Textilfabrik arbeitete, und zweitens verfügte sie nicht über genügend Bestechungsgelder, um diese Tatsache zu verschleiern. Auch ein Verwandter, der beim Regionalkomitee in einer wichtigen Stellung beschäftigt war, versuchte uns zu helfen.

Mutter mußte trotzdem eine beträchtliche Summe ausgeben, um dem Bezirkskommissar ein ansehnliches Geschenk zu kaufen. Darüber hinaus bat ihn auch unser Verwandter darum, mich in einer ruhigen Ecke zu stationieren, falls möglich sogar irgendwo in Georgien. Auch die Tatsache, daß der Junge, also ich, ein Philologiestudium anstrebte und einigermaßen Russisch sprach, wurde vorgebracht, allerdings mit der Bitte, mich deswegen nicht irgendwohin in Kälte und Elend zu versetzen. Ich hatte in der russischen Sprache tatsächlich eine Drei bekommen, aber um ehrlich zu sein, war es allein das Verdienst von Islam Sultanow.

Der Kommissar versprach meinem Verwandten fest, ihm diese Bitte nicht abzuschlagen.

Die Mutter weinte, ich packte meine Sachen zusammen.

Mir wurde eine Unmenge an Essen mitgegeben, das eine Woche lang vom gesamten Soldatenabteil verzehrt wurde.

Langsam wurde uns klar, daß wir weit weg, nach Norden, fuhren, zu einem Ort, der Petrosawodsk hieß.

Mein Glück war, daß ich als Sohn eines Taxifahrers seit der Kindheit Auto fahren konnte und gleich nach dem Schulabschluß den Führerschein gemacht hatte.

4. Als Islam Sultanow von meiner Einberufung erfuhr, bereitete er mich auf seine Art darauf vor. Er erzählte so viel und so ausgiebig über das Land, in dem ich sicherlich landen würde, daß ich die ganze Nacht kein Auge zutun konnte.

Er erzählte nichts von den Greueln des Gefängnisses und der Lager. Er erklärte mir lediglich, wie ich mich vor dem Schlafen warm einwickeln sollte, wie ich gegen Wanzen kämpfen müßte, die ich bis dahin nicht mal je gesehen hatte, wie ich den Soldaten antworten sollte, die man »Großväter« nennt und die für ihre Schikanen berüchtigt sind. Er beruhigte mich und meinte, falls ich noch einen anderen Georgier in meiner Einheit fände, müßten wir immer zusammenhalten. Auch wenn man uns zusammenschlug, müßten wir uns jeden Tag mit den dienstälteren Soldaten prügeln, was nach sechs Monaten sein Ende finden würde.

»Gib nicht klein bei, antworte demjenigen, der dich zu schikanieren versucht, mit allen Mitteln, die du hast. Du kannst ihm eine brühend heiße Teekanne auf den Kopf hauen oder einen Stuhl oder was auch immer.«

Erstaunlich, wie er sich mit diesen Armeegeschichten auskannte. Wahrscheinlich ähnelte die Armee seinem früheren Leben, denn eine Universität hatte er nie erwähnt.

Drei, vier Tage vor meiner Abreise ging ich in seinen Vorführraum, um einen Film zu sehen.

Er mußte den Film bald anfangen lassen, denn der Saal war voll, und es war bereits ziemlich laut.

»Setz dich hierher«, sagte Islam Sultanow und wandte sich dem Projektor zu. Er legte schnell den Film ein und machte das Licht im Saal aus. »Die Kraft der Liebe« – ich erinnere mich bis heute an den Filmtitel.

Als der Film lief, drehte sich Islam Sultanow zu mir um und sagte: »Hör zu, Bruder«, er nannte mich immer so, sprach mich nie mit meinem Namen an, »einige schlimme Dinge sind mir durch den Kopf gegangen. Es sind schwierige Zeiten. Man weiß nie. Wenn du nach Afghanistan geschickt wirst, was dann?«

Mir blieb der Mund offen stehen.

Darüber hatte meine Mutter sich von Anfang an Sorgen gemacht, aber dann, nach dem Gespräch mit dem Kommissar, beruhigte sie sich.

Afghanistan bedeutete den Tod. In unsere Stadt wurden in den letzten acht Jahren drei junge Männer tot zurückgebracht. Keiner von ihnen war Soldat, alle arbeiteten als Fahrer. Ich hatte überhaupt keine Ahnung, was Afghanistan war. Ich wußte nur, daß dort Krieg herrschte und daß man unsere Jungs dorthin schickte, und die Gefallenen in

Zinksärgen zurückbrachte. Dabei verbot man den Angehörigen, die Särge zu öffnen, was als ein zusätzliches Unglück empfunden wurde, denn wenn die Eltern keine Möglichkeit bekamen, ihre Toten zu sehen, fraßen sie Schmerz und Zweifel darüber auf, ob vielleicht gar nicht ihr Sohn zurückgebracht worden war. Aber die Regierung sperrte sich vehement dagegen, die Zinksärge öffnen zu lassen. In der Stadt kursierte das Gerücht, man habe in einem Dorf die den Sarg begleitenden Soldaten und Offiziere zusammengeschlagen, den Sarg gewaltsam geöffnet und lediglich Sägemehl und einige Holzscheite gefunden.

Das war alles, was ich über Afghanistan wußte.

»Hör zu«, sagte Islam Sultanow, »ich hab für dich etwas aufgeschrieben.« Er nahm ein gefaltetes Blatt Papier aus der Tasche. »Ich habe es mit georgischen Buchstaben geschrieben. Du mußt es auswendig lernen. Bis du wegfährst, werde ich dich täglich danach fragen. Noch etwas anderes habe ich für dich vorbereitet.« Er nahm ein zweites Blatt heraus. »Das kannst du nicht lesen, aber du mußt es immer bei dir tragen. Sieh zu, daß du es nicht verlierst, unabhängig davon, wo du landest ... Wenn etwas Schlimmes passieren und du in Gefangenschaft geraten solltest, sag erst, was du auswendig lernen mußt, und zeig dann dieses Papier vor.«

Ich war am Boden zerstört. Was für eine Gefangenschaft? Darüber hatte ich kein einziges Mal nachgedacht. Wenn jemand zur Armee eingezogen wird, versuchen alle ihn aufzuheitern, während Islam Sultanow ...

»Komm, lies das jetzt sofort laut vor«, forderte er, und mein Blick entwich in Richtung des anderen Zettels, worauf etwas für mich völlig Unverständliches stand: Ich weiß bis heute nicht, ob es auf arabisch oder persisch geschrieben war, aber es sah allemal wunderschön aus.

»Kümmere dich nicht darum! Lies das hier vor!«

Ich weiß bis heute auswendig, was dort mit georgischen Buchstaben in einer fremden Sprache stand:

»Ana hafidu sultani qarbala.

Inna niftah qabul mahfuz fi baithina.

Hum adschbaruni alaia muharabathaqum raghman kanni.

Hafizaqum allahu.«

»Hör zu, versteck dieses Papier sehr gut! Dort gibt es eine Quarantäne. Du wirst alle Kleidungsstücke ausziehen müssen und neue Sachen bekommen. Wirf das Papier erst weg, wenn du nach Hause fährst! Nein, sogar erst, wenn du hier ankommst und weißt, die Armeezeit liegt hinter dir. Wahrscheinlich wirst du es gar nicht brauchen, aber falls doch, mußt du vorbereitet sein.«

Islam Sultanow hatte sich sehr detailliert vorgestellt, wie ich im Kriegsgebiet Afghanistans landen würde, wie ich in Gefangenschaft jener Menschen geraten würde, die man in der Sowjetunion Duschmanen nennt, und wie ich ihnen diese Worte sagen würde.

Die Bedeutung der Worte erklärte er mir nicht.

Die letzten vier Tage zwang er mich, sie auswendig zu lernen.

Ich lernte sie wie ein Gedicht aus dem Schulbuch, und schließlich prägte sich mir der Text ein.

»Bewahre die Papiere getrennt auf. Das erste wirst du brauchen, um die Wörter zu wiederholen, während du die Existenz des anderen einfach vergessen solltest. Trag es aber immer bei dir!«

Aus der Armee schrieb ich kein einziges Mal an Islam Sultanow. Die Mutter teilte mir in den mit ihrer ungeübten Hand geschriebenen Briefen mit, daß der Tatare sich nach mir erkundigt habe.

Ich habe in der Armee alles durchgemacht.

5. Ich weiß nicht, ob das, was mir der Afghanistankrieg gebracht hat, mein Leben bereichert hat.

Ich habe weder einen Orden bekommen, noch wurde ich verwundet. Ich hab nicht mal ein Foto aus jenem Krieg. Ich wurde auch nicht zum Mitglied der Gesellschaft von afghanischen Veteranen oder mit Einladungen und Geschenken der Regierung verwöhnt. Durch diesen Krieg habe ich die Möglichkeit bekommen, das Fernstudium an der philologischen Fakultät der Universität anzutreten, und bald darauf gab man mir eine kleine Stelle im Heimatmuseum unserer Stadt.

Keine Ahnung, wieso ich an Diabetes erkrankte – bei uns einfach als Zuckerkrankheit bezeichnet – obwohl ich zugleich weiß, daß man damit ganz gut leben kann.

Trotz der Lüge unseres Kommissars sah meine Armeezeit genauso aus wie bei anderen, normalen Georgiern: Ich arbeitete als Fahrer in der Nähe einer kalten Stadt, in einer Bausiedlung. In unserer Einheit waren dreiundzwanzig Georgier: Wir prügelten uns, wenn es sein mußte, unterwarfen uns dem russischen Soldatenscheiß nicht, und dank der vielen Pakete von zu Hause ergatterten wir uns warme Stellen: in den Lagerhäusern, in den Bädern, als Maler, als Fahrer. Ich arbeitete als Fahrer und chauffierte den Oberst herum. Es war für alle unsere Jungs eine traumhafte Zeit, an die man sich immer gern zurückerinnert.

Ich weiß auch, warum – wegen der Mädchen. Ich verliebte mich sogar in Rußland.

Aber das ist eine andere Geschichte.

Nach anderthalb Jahren in Frieden vergaß ich allmählich die Papiere von Islam Sultanow. Ich bewahrte sie zwar auf, aber den auswendiggelernten Text hatte ich schon lange nicht mehr überflogen, und als ich einmal versuchte, mich an die Worte zu erinnern, fiel mir nicht mal der Anfang ein.

Eines Nachts wurden wir aus den Betten geschmissen, erst in Autos gesetzt, und bevor wir etwas raffften, fanden wir uns in einem Flugzeug wieder. Die Sonne weckte uns.

Afghanistan. Bei der Landung sah die Erde irgendwie staubig aus.

Wir waren keine Kämpfer, sondern Arbeitskräfte, um Straßen und Wege zu bauen. Ich wurde als LKW-Fahrer eingeteilt.

Wißt ihr, wie es ist, wenn man in einer Kolonne fährt?

Man beschießt den ersten und den letzten Wagen. Dann kann die Kolonne weder vor noch zurück.

Ich fand die Papiere. Sie steckten immer in meiner Brusttasche. Ich besaß zwar ein Maschinengewehr, hatte aber kein einziges Mal damit geschossen.

So vergingen drei Monate, und noch drei weitere Monate lagen vor mir.

Dieser Ort hieß ...

Als alles zu Ende war, kamen sie zu den Wagen und knallten die Überlebenden seelenruhig ab. Bis heute gefällt mir ihre Bekleidung.

Ich war weder verwundet, noch spürte ich den Tod nahen.

Ich lag unter einem Auto, mit dem Kopf in die Erde eingegraben. Ich schaute mit Mühe hoch, und keine Ahnung wie, aber ich sagte:

»Ana hafidu sultani qarbala.

Inna niftah qabul mahfuz fi baithina.

Hum adschbaruni alaia muharabathaqum raghman kanni.

Hafizaqum allahu.«

Ich versuchte aus der Brusttasche den von Islam Sultanow verfaßten Brief herauszunehmen, aber an meinen Hinterkopf war eine Gewehrmündung gepreßt.

»Ismail!« rief der Typ, der über mir stand. »Ismail!« und er sagte noch etwas.

Man ließ mich aufstehen, und ein anderer Mann befragte mich. Ich konnte nicht antworten, sondern klopfte, völlig von Sinnen, mit der Hand auf meine Brusttasche. Sie nahmen das Papier heraus.

Sie betrachteten mich sehr lange.

An die Gegend erinnere ich mich gar nicht. Alle waren tot, und die Angreifer gingen seelenruhig hin und her und sammelten die Waffen ein. Öfters schauten sie zum Himmel. Sie warteten auf unsere Hubschrauber.

Ein junger Mann mit langem Bart näherte sich mir. Er legte seine Hand auf meine Schulter und schaute mir lange, gefühlt den ganzen Tag, in die Augen. Dann entfernte auch er sich.

Vier Wagen, vierzig Mann. Alle tot. Ganz normale Jungs.

Sie gingen weg.

Sie gingen in einer langen Reihe den kahlen Berg hinauf und verschwanden plötzlich.

Ich hielt vor meiner Mutter geheim, daß ich in Afghanistan war. Sie fand es heraus, als sie die Adresse abschreiben mußte. Sie schrieb auf russisch ab, sie malte Buchstabe für Buchstabe. Meine Schwester half ihr dabei, mit ihrem in der Schule gelernten Russisch.

Nach der Rückkehr suchten uns ehemalige Soldaten, die Genossen des Regionalkomitees und des Komsomols, auf. Zumindest war es bei uns üblich, keine Ahnung, ob es bei den Russen auch der Fall war.

Sie drängten uns ihre Hilfe auf.

6. Diese Geschichte, die einem Traum ähnelte und guten Stoff für einen Film liefern könnte, erzählte ich zu Hause nicht. Meine Mutter wäre durchgedreht. Ich traf sie ohnehin fast außer sich vor Sorge an.

Sie versuchte meinem Bruder einzureden, fleißig zu lernen, um sich der Armee zu entziehen.

Ich will die afghanische Geschichte gar nicht erzählen, sie rutscht mir aber einfach heraus.

Die Feier anläßlich meiner Rückkehr dauerte zwei Tage. Mit Verwandten, Nachbarn ... Natürlich hatte ich niemandem anvertraut, daß ich zwei Wochen zuvor schon aus der Armee entlassen worden war und anstatt heimzukehren nach Petrosawodsk flog. Dort hatte ich ein Mädchen, Njuta.

Hier konnte ich kein Mädchen haben. Hast du eine Ahnung, wie es in unserer Stadt abläuft? Du mußt hier direkt heiraten.

Am ersten Tag betrank ich mich. Ich war bereits sehr trinkfest. Ich war außerdem an Wodka gewöhnt. An Wodka, an die anderen hochprozentigen Getränke, und wer weiß an welchen Scheiß noch. Also hatte ich keine Schwierigkeiten, unseren Wein zu trinken. Als ich zurückkehrte, fragte ich meine Mutter sofort, wie es dem Tataren ergangen war.

Ich mochte es nicht, daß man ihn so nannte, aber vor den anderen nannte ich ihn auch so. »Alles beim alten, wenn wir uns begegneten, fragte er nach dir«, so meine Mutter.

Als die Gäste langsam eintrafen, und die ganze Straße und das ganze Viertel sich in unserem Hof versammelten, trug ich meinem Bruder auf, in den Klub zu gehen und den Tataren zu holen.

Ich war in einer heiteren Stimmung, das war ein Überbleibsel aus Rußland. Mein Bruder kehrte zurück und meinte, der Film würde bald beginnen und Islam könne daher nicht kommen. Ich wußte ohnehin, daß er auf einer Feier nicht auftauchen würde.

Als das Gelage auf unserer Terrasse in Schwung kam, verließ ich unauffällig den Tisch und schlich mich zum Klub rüber.

Es wurde tatsächlich ein Film gezeigt. Es gab jeden Abend einen Film, also auch an diesem Tag. Als ich die alte enge Treppe zum Zimmer des Filmvorführers sah, spürte ich einen riesigen Kloß im Hals. Ich war zudem ein wenig beschwipst, also begann ich direkt auf der Treppe zu schluchzen.

Ich weiß nicht mehr, wie ich die Tür aufgemacht habe.

Der neben dem Projektor sitzende Islam Sultanow schaute zur Tür. Keine Ahnung, vielleicht hatte man den Lärm und das Schluchzen sogar im Saal mitbekommen. Als er mich in diesem Zustand sah, sprang er auf und lief auf mich zu. Es geschah in der flimmernden Dunkelheit des Kinos. Ich weinte sehr lange an Islam Sultanow geklammert.

Er war kleiner als ich. Irgendwie entspannt und ruhig.

Er sagte nicht, was in jenem auf arabisch oder persisch verfaßten Brief stand.

7. Damals lautete die Parteidirektive wie folgt: Die ehemaligen Armeeangehörigen müssen in allen Angelegenheiten unterstützt werden. Man organisierte für sie eine Arbeitsstelle sowie tausend andere Dinge. Es ging lediglich darum, was für eine Arbeit man bekam, denn ganz ohne Arbeit blieb in jener Zeit keiner. Wenn man dazu noch in Afghanistan gekämpft hatte, öffneten sich einem sämtliche Türen. Während ich vor zwei Jahren keine Chance gehabt hatte, an der Universität die notwendige Punktzahl für die gewünschte Fakultät zu bekommen, war es nun ausreichend, einfach nicht durch die Prüfungen zu fallen. Es blieb noch genug Zeit bis zu den Prüfungen, und ich wurde vor das Regionalkomitee der Partei vorgeladen, so nach dem Motto: »Wie geht es dir? Brauchst du was? Wie hast du vor weiterzuleben?« Man berichtete, daß in Tbilissi die Afghanistan-Veteranen eine starke Vereinigung hatten, die Jungs dort studierten und als richtige Säule für den Komsomol dienten.

Ich dachte, daß der Komsomol eigentlich gar keine zusätzliche Säule bräuchte. Ich wußte nicht, daß bereits einige Veränderungen im Gang waren und man genau aus diesem Grund uns gegenüber solche Nachsicht zeigte.

»Wo willst du arbeiten?« fragte mich der zweite Vorsitzende des Komsomol.

»Keine Ahnung«, antwortete ich, »irgendwo in einem Klub oder einem Museum oder so.«

»Was für ein friedlicher Mensch!« freute er sich.

So begann ich im Heimatmuseum zu arbeiten. Man versprach mir, jegliche notwendigen Unterlagen bereitzustellen, damit ich die Prüfungen leichter bestehen konnte.

Ich bekam einen sehr niedrigen Lohn. Ich bekleidete die

Stelle eines einfachen Museumswärters. Außer mir gab es nur drei weitere Mitarbeiter: Den Direktor, seinen Stellvertreter und eine mir vorgesetzte Wärterin. Der Direktor war ein ehemaliger dritter Vorsitzender des Regionalkomitees, ein alter Funktionär. Jetzt, im Rentenalter, hatte er diese Stelle ergattert. Sein Stellvertreter war ein einsamer Mann mit trüben Augen, aber sehr wortgewandt. Die Wärterin war Tante Babutsa, eine abgearbeitete, dicke Frau.

Unser Museum stellte sich für die Besucher als etwas völlig Unerwartetes dar. Dort gab es Schrotflinten, Scherben von Krügen, Heiligenbilder und alte Kleidungsstücke. Gleich daneben waren von Ariste Dschadschanidze ausgestopfte Tiere und Vögel ausgestellt. Ariste wohnte in unserer Straße, und ich erlebte ihn in hohem Alter. Er saß auf seiner Terrasse und schoß mit dem Gewehr Vögel ab, danach präparierte er sie. Er war Jäger und spezialisiert darauf, alles, was er in seinem Leben erbeutet hatte, auszustopfen. Wahrscheinlich betrachtete er die Schenkungen der von ihm präparierten Tiere und Vögel an das Museum als eine besondere Sache, und der Stellvertreter des Direktors schien durch seinen Tod sichtlich erleichtert zu sein: »Er hat nun seine Ruhe, und wir – die unsere«, sagte er oft.

Dort gab es auch ein Archiv: Briefe, Kassenbücher von Händlern, verschiedene ethnographische Aufzeichnungen, stinknormale Stilleben von örtlichen Malern, Bilder von Lenin und Stalin.

Aber das Museum wurde nie von irgend jemandem besichtigt, nicht mal Schulklassen wurden zu uns geführt. Deshalb war es ruhig. Der Direktor kam in der Regel nach dem Mittagessen vorbei. Er wollte nur einen kurzen Blick auf uns werfen, nichts weiter.

Meine Mutter schien von meiner Arbeit nicht sonderlich begeistert zu sein.

»Es ist keine auskömmliche Stelle«, pflegte sie zu sagen.

Nach der Rückkehr aus der Armee ergatterten meine Altersgenossen die besser bezahlten Jobs: In Autowerkstätten, an Tankstellen, in Kantinen. Dort gab es gute Nebenverdienstmöglichkeiten, während ich allein auf meinen Lohn angewiesen war.

Dennoch galt ich als belesener Junge. Auch die Tatsache, daß ich vorhatte, mich wieder für die philologische Fakultät zu bewerben, und daß ich diesmal bestimmt ganz leicht einen Studienplatz bekommen würde, war allen bekannt. Zudem machte mich der Umstand, daß ich in Afghanistan gewesen war, zu einer wichtigen Persönlichkeit; es gab keine Feier, auf der ich nicht ausgefragt wurde, was dort wie abgelaufen war.

Ich kümmerte mich auch um den Haushalt. Meine Mutter hatte einen schönen Obstgarten und wir besaßen eine Kuh.

Auch wenn man bei uns noch nichts davon bemerkte, hatte die Perestroika bereits begonnen, und bald änderte sich alles.

Meine Mutter versuchte mit allen Kräften meinen Diabetes zu verheimlichen. Sie wollte auch nicht, daß ich mich an das örtliche Krankenhaus wandte oder mich in der Poliklinik behandeln ließ.

»Die Ärzte und die Krankenschwestern werden die Sache in die Welt hinaustragen, und es wird dich am Heiraten hindern«, sagte sie.

Bei uns war es für Mädchen, die eine Brille trugen, und für Jungs, die Diabetes hatten, sehr schwer zu heiraten.

Sie mußten bis zu einem gewissen Alter warten, erst dann konnte man für sie jemand Passenden finden. Der Diabetes wurde bei mir bereits im Hospital, vor der Abreise, diagnostiziert. Damals sagten sie, er sei durch zuviel Aufregung provoziert, doch kontrollierbar. Aber ich sollte für alle Fälle immer ein Bonbon in der Tasche haben. Es gab verschiedene Diäten, aber mir ging es zu der Zeit nicht so schlecht, daß ich eine davon befolgen mußte. Alkohol in Maßen mochte ich auch, außerdem kannst du in unserer Stadt schlecht sagen, du trinkst nicht. Denn warum sollte man nicht trinken? In diesem Fall bist du entweder krank, oder du hast Angst davor, dich zu betrinken. Es gibt keine andere Antwort. Und warum sollte man Angst davor haben, sich zu betrinken?

8. Islam Sultanow lebte wie gewohnt in seinem Klub. In seinem kleinen Zimmer.

Nun wußte ich ganz genau, wann er betete. Sogar noch direkt vor der Vorstellung um 19 Uhr schaffte er es zu beten. Fünf Mal täglich sollte man es machen, so sagte er, aber ich hatte ihn ganz sicher nicht fünf Mal am Tag beten gesehen.

Wenn ich auf dem Weg zur Arbeit in unsere Straße einbog, war es stets Punkt 12 Uhr. Ich betrat den Klub durch den Hintereingang und machte die Tür seines Zimmers ganz vorsichtig einen Spaltbreit auf. Da sah ich ihn auf dem Teppich knien, mit dem Rücken zur Tür. Zu einer anderen Zeit hatte ich ihn so nie gesehen, ich ging vor Filmbeginn nie in sein Zimmer.

Ich mochte meine Jungs zwar sehr, aber für Islam Sultanow empfand ich etwas Besonderes. Er war vierzig Jahre älter als ich oder sogar noch mehr. Wir freundeten uns an, als ich noch ein Kind war, aber diese Kindheitsgeschichten waren gefühlsmäßig etwas anderes. Die richtige Freundschaft begann erst nach meiner Rückkehr aus der Armee. Etwas, was man eine Freundschaft nennt, das tausend sichtbare und unsichtbare Dinge beinhaltet. Keine Ahnung, ob mich die durch ihn bewirkte Rettung beeinflußte oder etwas anderes, aber Tatsache war, daß ich nichts mehr vor ihm verheimlichte, und ich denke, er war auch mir gegenüber rückhaltlos offen.

Bevor ich zur Armee eingezogen wurde, wußte ich nur folgendes über ihn: Er wurde verbannt, war ein ehemaliger politischer Gefangener und ein Tatare – so sagte man in der ganzen Stadt. Nun konnte ich sogar das Land Kirbal auf der Landkarte der Sowjetunion, die im Museum hing, finden und wußte alles über Sibirien und Tbilissi.

Islam Sultanow erzählte mir alles – von Dingen, die mich zwangen, darüber nachzudenken, wie ich so alt geworden war, ohne eine Ahnung davon zu haben. Er erzählte mir, wie er als Kind, in einem Sack versteckt, von den Verbündeten seines Vaters, die sich als Hirten verkleidet hatten, aus dem Land geschleust wurde, wie man ihn als Sohn eines Staatsfeindes von einer Tbilisser Schule verwies, wie Ratten sein Brot stahlen und wie wunderschön sein Land war, an das er fast keine Erinnerungen hatte, außer an Berge von Pilaw, die auf großen Holzschüsseln aufgeschichtet waren. Diese Berge sahen jenen Bergen ähnlich, die das Schloß seines Vaters umgaben.

Das war eine völlig neue Welt für mich; Geschichten, die schlecht endeten; alles fiel in die Hände der Bösen und Mächtigen. Wie alt war ich? Zwanzig? Ja, zwanzig, und trotzdem hatte ich erst jetzt etwas so Furchtbares entdeckt.

Ich begriff, daß dieses Land in Wirklichkeit völlig anders war. Vielleicht spürte das damals jeder Mensch, aber nicht alle wollten es sich anmerken lassen. Denn wenn du dir etwas anmerken läßt, dann mußt du auch handeln.

Auch dies sagte mir Islam Sultanow.

»In dieser Geschichte geht es um Kampf, entweder kämpfst du oder nicht. Du hast dich doch mit jedem in der Armee geprügelt? Ihr Georgier versammelt und prügelt euch doch dauernd. Auch im Leben verläuft alles so. Man wird dir alles wegnehmen, während du weiterleben und so tun mußt, als ob nichts passiert wäre. Du mußt damit leben ... Wenn nicht, dann mußt du kämpfen.«

Diese Geschichten gaben mir zwar zu denken, aber ich war, wie gesagt, erst zwanzig, und die Konsequenzen kamen bei mir gefühlsmäßig nicht wirklich an. Ich dachte zwar nach, kam aber über einen bestimmten Punkt nicht hinaus.

Manchmal brachte ich Islam Sultanow das Essen rüber: Eier, von meiner Mutter gemachten Käse ... solche Sachen. Wein brachte ich ihm nie, weil er nicht trank. Er trank nicht, rauchte nicht, und ich hatte auch nie gehört, daß er mit Frauen ausgegangen wäre.

Als er in unsere Stadt zog, war er fast vierzig. Städte wie unsere merken sich die Daten von geplatzten Hochzeiten und heimlichen Liebesgeschichten für die Ewigkeit. Eigentlich alle Geschichten, aber solche besonders.

Beispielsweise die Geschichte, wie unser Nachbar Rajiko seine Frau zusammenschlug, als sie aus Leichtgläubigkeit eine Beschwerde unterschrieben hatte, die gegen den Textilfabrikdirektor gerichtet war. Seitdem wurde diese Frau von niemandem beim Verlassen ihres Hauses gesehen. Ich war noch ein kleiner Junge und spazierte ganz zufällig in ihren Hof, um einen Kumpel von mir zu sehen. Dieser Kumpel war, wie leicht zu erraten ist, ihr Sohn. Die blutende Frau sagte zu mir: »Kindchen, mir ist der Schrank umgekippt.« Erst zehn Jahre später erfuhr ich, daß sie von ihrem Mann geschlagen wurde, so nach dem Motto: »Wie konntest du nur eine Beschwerde unterzeichnen? Wie konntest du einen Menschen in die Hände der Justiz geben?«

Diese Haltung herrschte in unserer Stadt. Man kann sogar behaupten, daß es den größten Stolz unserer Leute darstellte, keinen Menschen je verhaften zu lassen.

Ich mochte diese Frau sehr.

Auch sie mochte mich sehr, sie küßte mich ständig und ließ mich ihr Haus nie ohne ein Geschenk verlassen. Als ich aus der Armee zurückkehrte, ging ich sie extra besuchen. Als eine mit Schande überzogene Frau mit gebrochenem Herzen wäre sie selbst nie zu mir zu Besuch gekommen. Meist saß sie auf dem Balkon, sehr wehmütig. Wenn sie nichts anderes hatte, hängte sie mir eine Girlande aus getrockneten Früchten um den Hals:

»Mein Kluger, mein Kluger.« Und dann überhäufte sie mich mit Küssen.

Einmal erzählte ich Islam Sultanow diese Geschichte.

»Ich weiß«, sagte er.

Wie ich feststellen mußte, kannte er sämtliche Geschichten, aber woher, blieb ein Geheimnis. Ich hatte bei ihm noch nie jemanden außer mir zu Besuch gesehen. Auch auf dem Hauptplatz unserer Stadt, im kleinen Park vom Regionalkomitee, hatte ich ihn noch nie gesehen.

Wahrscheinlich weiß er aus dem Friseursalon von diesen Sachen, so dachte ich mir, denn zum Friseur ging er öfters. Er ließ sich dort rasieren und die Haare schneiden. Er besaß nur einen einzigen Anzug zum Wechseln.

Wir waren so eng befreundet, und dennoch blieb er geheimnisvoll für mich.

Als ich ihn wieder einmal besuchte, fand ich ihn unrasiert vor, was mich sehr verwunderte.

Genau von diesem Unrasiertsein nahm das Ganze seinen Anfang.

9.

Unsere Stadt schien sich zu verändern. Wahrscheinlich, weil das ganze Land sich veränderte.

Genossenschaften wurden zugelassen, private Geschäfte und Restaurants. An der Spitze ändert sich alles, so sagte man. Auch der Satz »Wenn Väterchen Stalin sehen könnte, was die machen, dann würde das deutliche Folgen haben« fiel ab und zu. Mein Kumpel hatte eine Videothek aufgemacht, er brachte einen Videorekorder und Kassetten aus Tbilissi mit und wurde somit eine starke Konkurrenz für den Klub. Spätnachts wurden für Insider auch pornografische Filme gezeigt. Allmählich wurde alles teurer, und sogar Zigaretten wurden zu Mangelware.

»Die Umwandlung wird beginnen«, sagte man im Fernsehen, »faktisch ist sie schon im Gange.«

An unserem Museum konnte man es nicht wirklich merken. Es wurde nur noch dunkler und stiller. Eines Tages sah ich, wie einige Wagen an der Hauptkirche parkten und irgendwelche Kisten in schnellem Tempo aus der Kirche rausgetragen wurden. Die Kirche diente damals als Lagerraum. Sie wurde jetzt innerhalb von zwei Wochen leergeräumt und gesäubert, und ein Bischof kam aus Kutaissi, um sie zu weihen. Es gab eine große Feier, die ganze Stadt war versammelt. Alle planten Aktionen, um den Ort zu verschönern und so. Der Bischof ließ einen Pfarrer aus Kutaissi bei uns zurück, damit er hier den Gottesdienst hielt. Seit etwa sechzig Jahren hatte es in unserer Stadt keine aktive Kirche gegeben, nun freuten sich alle.

Verschönerung und Umbauarbeiten der Kirche gingen tatsächlich in zügigem Tempo voran. Ihre zerstörten Mauerreste wurden zum Jahresende wiederaufgebaut. Ich wunderte mich sogar, ich war in dieser Zeit wegen der Aufnahmeprüfungen in Tbilissi, und als ich zurückkehrte, umgab die Kirche eine bereits sehr hohe Mauer aus Stein. Wie sich herausstellte, trug jeder, der während der Sowjetzeit in unserer Stadt Geld gemacht hatte, seinen Anteil bei.

Nun war man an der Arbeit, das Innere der Kirche zu verschönern, und alle waren in heller Aufregung. Kurzum, es passierten gute Sachen, wie man so sagte, aber das Leben war schwerer geworden.

Nachrichten aus Tbilissi erreichten unsere Stadt kaum. Dort gab es bereits kleinere Demonstrationen: »Weg mit den Kommunisten!« Die Regierung ließ die Anführer zwar verhaften, setzte sie aber bald wieder auf freien Fuß.

Auf der Rustaweli-Allee verkaufte man Zeitungen, die einen Rubel kosteten. Darin wurde offen gefordert, daß Georgien sich von der Sowjetunion lösen und unabhängig sein sollte. Ich schaffte es nicht, all diese Zeitungen zu kaufen, nahm aber drei von ihnen mit und ließ sie meine Kumpel lesen.

Natürlich zeigte ich sie auch Islam Sultanow, und auch er las sie sehr lange und aufmerksam.

Zu dieser Zeit hatte er einen vollkommen ergrauten langen Bart.

Er las konzentriert, hörte mir zu, las weiter, hörte mir wieder zu und sagte plötzlich:

»Du mußt heiraten.«

»Was hat das damit zu tun?« fragte ich.

»Ich habe nicht geheiratet, und schau, das ist aus mir geworden.«

Das war nicht sonderlich einleuchtend, aber es machte mich trotzdem nachdenklich.

Ich war noch nie verliebt gewesen, und ich lief auch niemandem nach. Mein wichtigstes und einziges Mädchen hatte ich in Petrosawodsk zurückgelassen. Als wir, die Rekruten, heimkehren mußten, weinten wir beide, aber zählt doch selbst auf, wie viele unserer Jungs eine russische Ehefrau aus der Armee mitgebracht haben! Während der ganzen zweihundertjährigen russischen Herrschaft gab es höchstens hundert solcher Fälle, nicht mehr.

Meine Mutter versuchte natürlich, mich durch indirekte Fragen und Ratschläge in diese Richtung zu lenken. Ja, sie wollte erfahren, wie ich darüber dachte, aber ich machte bloß eine abwehrende Handbewegung, so nach dem Motto: »Eine Frau in dieser Zeit?«

In solchen Fällen griff sie mich an:

»Anstatt bei dem Tataren zu sitzen und Tee zu trinken, solltest du lieber ausgehen.«

Einmal erwiderte ich, daß mir der Tatare das gleiche sagte, und sofort war sie beleidigt, es sei doch nicht seine Angelegenheit. Ich vermied generell, den Tataren zu erwähnen, und nach diesem Vorfall um so mehr.

Sie machte sich ohnehin wegen meines Diabetes Sorgen.

In unserer Stadt gab es drei Möglichkeiten, eine Frau zu heiraten:

Verkuppelung, Liebe und Entführung.

Eine Verkuppelung sah folgendermaßen aus: Man ließ den Jungen und das Mädchen auf irgendwelchen Feiern einige Male einander »zufällig« treffen, und wenn beide einverstanden waren und ein, zwei Mal auch ohne Begleitung ausgingen, wurde Verlobung gefeiert, was für beide Familien annehmbar war. Der Weg der Liebe war viel schwieriger: Vielleicht liebte sich das Paar seit der Kindheit, aber die Familien waren gegen die Hochzeit. Falls die Familien sich vehement dagegen wehrten, brannte das Paar heimlich durch. Meist versteckten sie sich im Haus eines Verwandten. Das Mädchen verlor dann die Jungfräulichkeit und basta! Wer hätte danach noch gesagt: Ich gebe dem meine Tochter nicht?

Es gab auch einen dritten Weg, wenn das Mädchen den Jungen nicht besonders mochte, während der Junge unsterblich in sie verliebt war. In diesem Fall entführte er sie mit Hilfe seiner Freunde, worauf wieder die Hochzeit folgte, denn es ging abermals um die Jungfräulichkeit. Was für Eltern würden ein solches Mädchen nach Hause zurückbringen und den Jungen in den Knast schicken? Für Entführung gab es eine lange Gefängnisstrafe, aber ich hatte nie gehört, daß jemand Anzeige erstattet hätte.

Ich hatte über keine dieser drei Möglichkeiten nachgedacht. Kein einziges Mädchen hatte mein Interesse geweckt, wieso sollte ich heiraten?

Wie sich herausstellte, hatte meine Mutter bereits ein Mädchen für mich gefunden. Sie war die Tochter der stellvertretenden Schulleiterin der dritten Schule.

Meine Mutter mochte sie. Sie stammte aus dem Viertel von der anderen Seite des Flusses.

10. Währenddessen veränderte sich die Zeit mehr und mehr. Sie schien sich zu beeilen.

Eines Tages, als ich auf der Arbeit war, brachte ein Kumpel von mir zwei Kerle aus Kutaissi und einen aus Tbilissi zu mir.

Als erster kam er selbst herein und meinte, er habe Gäste aus der Hauptstadt.

»Sie wohnen bei mir und wollen mit dir reden«, sagte er. Ich ging mit ihm in den Hof hinunter, und er stellte mich wie folgt vor: »Hier, Brüder, das ist der gebildetste Mann in dieser Stadt.«

Wir setzten uns unter den Pflaumenbaum, und es stellte sich heraus, daß sie Mitglieder einer antikommunistischen Organisation waren.

»Wir bereisen ganz Westgeorgien und gründen überall unsere Büros. Wir werden die Kommunisten sehr bald verjagen, und wir haben viel Gutes über dich gehört. Bitte schließe dich uns an!«

Das »Anschließen« sah folgendermaßen aus: »Wir werden dich von Tbilissi aus kontaktieren oder von Kutaissi, das liegt ja ganz in der Nähe. Egal, ob es um Demonstrationen oder andere Protestkundgebungen, um das Verteilen von Zeitungen oder Ähnliches geht, du mußt unsere Aktionen hier vor Ort unterstützen. Georgien, als ganzes Land, muß zeigen, was hier abgeht und wie. Du bist Ex-Afghanistankämpfer«, sogar das wußten sie, »jetzt werden die Kommunisten dich aufsuchen und darum bitten, dich ihnen anzuschließen. So nach dem Motto: Die Ex-Afghanistankämpfer haben in Tbilissi eine ganz große Organisation, und wir wundern uns, wieso du bis jetzt nicht zu ihnen gerufen wurdest.«

Ihre Reden irritierten mich ein wenig. Es war eine unbekannte Welt für mich.

Im allgemeinen waren in unserer Stadt weder regionale noch internationale Nachrichten im Umlauf, daher brauchte man länger, um etwas zu kapieren. Ich wußte nichts außer den Dingen, über die ich in Büchern gelesen oder von Islam Sultanow gehört hatte. Und was kannst du in der Klubbibliothek erfahren? Die jährlichen vierwöchigen Aufenthalte in Tbilissi, die ich wegen der Prüfungen absolvierte, reichten für meine Bildung nicht aus.

Am Ende fügten sie noch hinzu: »Wieso sollte der Bürgermeister dieser Stadt nicht einer wie du sein, sondern irgendein Mistkerl aus dem Regionalkomitee?«

Dies verwirrte mich noch mehr, also sagte ich, ich müßte es mir überlegen, und dann würde ich sie durch unseren gemeinsamen Freund kontaktieren. Sie baten mich, die Sache vorerst geheimzuhalten, dann fügten sie noch hinzu: »Das macht nichts, daß du ein Mitglied des Komsomol bist. Du wirst austreten, wir alle haben das so gemacht.«

Islam Sultanow äußerte sich kaum zu dem Vorfall. Er gab mir auch keine Ratschläge. Er interessierte sich eher dafür, wie ich selbst darüber dachte.

Seit dieser Begebenheit waren nicht mal zwei Wochen vergangen, als man im Museum anrief und mich zum Regionalkomitee, zum Komsomol, vorlud. Sie umarmten mich, lächelten mir zu und sagten, ich sei in Kutaissi eingeladen, wo ein Treffen der Jugend geplant war, und Ex-Afghanistankämpfer würden herzlichst gebeten zu kommen.

»Wo soll ich hingehen?« fragte ich, und sie antworteten: »Zum Stadtkomitee. Die Veranstaltung findet vor dem Gebäude statt, und später werdet ihr wahrscheinlich auch hineingebeten.«

In unserer Stadt gab es zwei Ex-Afghanistankämpfer. Der andere war älter als ich. Er war seit Kriegsausbruch mit dabeigewesen. Er arbeitete in der Försterei und liebte es, mit mir zu trinken. Es kam manchmal vor, daß er mich gleich vom Museum abholte und zu einer Feier mitnahm. Wenn er anfing etwas zu erzählen, sagte er stets: »Er weiß es besser als ich«, und dann schilderte er Afghanistan-Ereignisse.

Wir fuhren gemeinsam nach Kutaissi. Ich wunderte mich, daß er kein Auto hatte. Er war ein sehr erfahrener Bursche und meinte, ihm gefiel die ganze Sache gar nicht. Mit dem Bus brauchte man nicht mal vierzig Minuten bis Kutaissi.

Wir kamen an und ahnten bereits Schlimmes. Auf dem Busbahnhof war Polizei, sie schauten sich die Reisenden an, einige von ihnen, meist junge Männer, wurden festgenommen. Zu uns sagten sie nichts.

»Was ist los?« fragte ich.

»Es gibt eine Demonstration vor dem Theater. Viele Menschen sind aus Tbilissi angereist«, bekamen wir zur Antwort. Mein Kumpel wiederholte, daß man uns in eine schmutzige Sache hineinzuziehen versuchte, aber wir gingen trotzdem zum Kreiskomitee. Dort trafen wir fast alle Ex-Afghanistankämpfer aus unserer Region an. Es waren über hundert Mann versammelt.

Irgendein Vorsitzender des Komsomol hielt eine Rede und meinte: »Sie wollen unser Land vernichten und zerstören, also laßt uns auf ihre Demo gehen, vielleicht läßt man auch uns zu Wort kommen.«

Wie ich sehen konnte, waren einige Männer mit beeindruckenden Bierbäuchen dabei, dazu Polizisten, jedoch ohne Uniform. Bei uns erkennt jeder einen Polizisten, dazu braucht es keine Uniform.

Alle schienen irgendwie vorbereitet.

Im Gegensatz zu mir.

Es wurde bereits die Namensliste verlesen – man schaute dich an und machte ein Kreuzchen.

»Wir werden die Liste nach der Rückkehr kontrollieren«, sagten sie. Auch mein Kumpel wollte nicht gehen, er ahnte etwas, aber was hätten wir machen sollen? Man ließ uns die bereits gedruckten Plakate halten, mit irgendwelchem Blödsinn drauf: Frieden, Freundschaft, wirtschaftliche Unabhängigkeit und ähnliches. Wir gingen los.

11. Das Wichtigste, was Islam Sultanow mir beigebracht hatte, war Geduld. Geduld und warten.

Er sprach diese Worte nie aus, aber ich begriff, was er meinte.

»Bleib ruhig und warte ab«, sagte er damals, als ich mich entschloß zu heiraten.

»Worauf soll ich warten?«

»Warte einfach ab. So wird daraus nichts. Ihr Georgier nehmt euch einer Sache immer hastig an. Ihr liebt es, alles gleich zu erledigen. Während die Sache ... Das Leben ist so lang.«

Damals ärgerte ich mich sogar.

Was sagt denn dieser Mann, zu dem ich aufschaue? Er scheint ja genauso zu sein wie die Eltern und Verwandten, die stets unerwartete familiäre Umstände erfinden, um dich nach ihrer Pfeife tanzen zu lassen.

Ehrlich gesagt, durfte Islam Sultanow von Familie, der

Liebe einer Frau und von der Jugend eigentlich nichts verstehen. In meinem Alter lebte er in einem Niemandsland und quälte sich, abgemagert und entkräftet, in einer Mine.

Das war mir immer präsent, denn ich wußte bereits, daß das Leben jedes Menschen durch seine Vergangenheit geprägt wird: Durch ein Abenteuer, das er irgendwann erlebt hatte und das zum wichtigsten unter den unzähligen Abenteuern geworden war.

»Hetze dein Schicksal nicht«, dies waren noch unerträglichere Worte. Ganze drei Tage lang ging ich nicht mehr in den Vorführraum. Der Saal des Klubs wurde immer leerer, so daß der Film manchmal gar nicht mehr gezeigt werden mußte, denn im Fernsehen wurden bereits bisher unbekannte und verbotene Filme ausgestrahlt.

In der Tat war das Schicksal in diese ganze Sache involviert.

Bald nachdem wir uns der Demonstration auf dem Theaterplatz angeschlossen hatten, brach eine Schlägerei aus. Natürlich war sie durch unsere Seite provoziert, mit den Rufen: »Laßt mich durch! Laßt mich durch!« Die Situation eskalierte sofort. Plötzlich drückte mir jemand einen Stock in die Hand, den Stab von einem Plakat. Ich landete direkt in der Menschenmenge und steckte viele Schläge ein. Der Stab ist mir sehr bald aus den Händen geglitten. Einen solchen Tumult hatte ich noch nie gesehen. Ich hatte nicht mal davon gehört, daß so viele Menschen so plötzlich aufeinander losgegangen wären. Ich wollte mich irgendwie aus der Menschenmenge befreien, schaffte es aber nicht rauszukommen. Man schlug pausenlos auf mich ein. Auch von unserer Seite wurden Schläge ausgeteilt. Man versuchte die Menschen in diesen Tumult hineinzuzerren, und wenn es gelang, erging es ihnen ganz furchtbar, sie wurden mit Faustschlägen und Fußtritten traktiert. Uns führten die Polizisten an oder vielleicht auch die Typen vom Sicherheitsministerium. Was hätte ich in diesem Gerangel und Gebrüll machen sollen? Ich weiß nicht mehr, wie ich zu schreien anfing: »Aufhören! Aufhören! Was tut ihr, Leute?« Ich schrie mir die Seele aus dem Leib, aber es brachte nichts. Ich bekam trotzdem Schläge. Später witzelte man: »Du weiß doch, daß der Mittler in der Regel mehr abbekommt als die Schreihälse.«

Ich versuchte mir mit den Armen den Weg freizuräumen. Trotzdem wurde ich grün und blau und blutig zusammengeschlagen. Währenddessen schrie ich weiter.

Es war kein Ende in Sicht, es war wie eine Welle. Ich kenne mich mit Wellen nicht sonderlich gut aus, aber ich konnte mit den Füßen nicht mehr den Boden berühren. Auch in diesem miserablen Zustand merkte ich, daß diejenigen, die sich auf unserer Seite befanden, versuchten, Menschen zu uns zu zerren, um sie dann in eine unbekannte Richtung mitzuschleppen. Plötzlich zog mich jemand am Ärmel, ich drehte mich um, da ich dachte, daß dieser Jemand auch mich hineinzuziehen versuchte, und ich sah ein unbekanntes Mädchen. Ihre Haare waren völlig zerzaust, sie packte mich am Arm und kreischte: »Laßt ihn durch! Laßt ihn durch, Jungs!« Sie schrie mit einer fürchterlichen Stimme. Ich verstand zwar nicht, wohin ich durchgelassen werden sollte, aber die Demonstranten ließen mich trotzdem passieren, und ich befand mich nicht mehr in jenem Strudel. Das Mädchen ließ mich nicht mehr los, sie zerrte so lange an mir, bis die Menschenmenge um mich herum sich lichtete.

Dort, unter den Schaulustigen, atmete ich auf. Ich hockte auf dem Boden und sah, wie mein Blut an mir heruntertropfte. Die Menschen versammelten sich um mich.

»Beug deinen Kopf zurück! Leg den Kopf in den Nakken«, sagten sie zu mir.

Das Mädchen streichelte meine Haare: »Beruhig dich, beruhig dich, du Armer!«

Sogar während dieser Strapazen zweifelte ich, ob das für ein georgisches Mädchen nicht zu viel Freizügigkeit gegenüber einem fremden Mann war. So sind wir erzogen worden.

Danach brachte man mich in einen Hof, zum Wasserhahn, und legte mich über einen Stuhl. Die Frauen fluchten: »Verdammt seien sie, sie sind einfach hergekommen und haben die Leute verprügelt.«

Das Mädchen war noch da. Sie erzählte, ich hätte nur versucht, sie auseinanderzubringen. Ich wüßte nicht einmal, weshalb ich hierher gebracht worden sei. Sie verteidigte mich lautstark. Wahrscheinlich hatte sie mich gesehen, dann einige Zeit beobachtet und alles erraten.

Ich konnte nicht sprechen. Ich wäre schon in der Lage dazu gewesen, aber ich bevorzugte, Stillschweigen zu bewahren.

Es war wie aus einem Bilderbuch: Den verwundeten Kämpfer umsorgt eine unbekannte Frau ...

Dieses Mädchen studierte im vierten Semester. Auf Lehramt. Sie stammte aus einer angesehenen alten Familie.

Sie hieß, wie alle unsere Mädchen heißen: Tamriko.

Sie war nicht hübsch. Sie brauchte es auch nicht zu sein. Ich verliebte mich. Unter so vielen Menschen war sie die einzige, die begriff, wie es mir erging.

Als wir uns zum vierten Mal trafen, schenkte sie mir Fotos von sich.

So lief es bei uns ab. Mit Fotos. Diese Geste hatte eine sehr große Bedeutung.

An jenem Abend verbreitete das Tbilisser Fernsehen die Nachricht, daß irgendwelche illegalen Gruppierungen in Kutaissi eine nichtgenehmigte Demonstration veranstaltet und die Afghanistan-Veteranen zusammengeschlagen hatten, die zu der Demonstration gegangen waren, um ihre Meinung zu äußern.

Also für diesen Scheiß wollten sie uns dort haben.

Für mich war der Tag trotzdem schön.

12. »Du weißt, was du zu tun hast«, so sagte mir Islam Sultanow, der bereits einen langen Bart hatte, etwa so lang wie unser Priester. Auf dem Kopf trug er eine schwarze Strickmütze, wie sie in letzter Zeit in Massen bei uns eingeführt worden sind und die von allen gern getragen werden.

»Hast du deinen Kopf rasiert?« wunderte ich mich.

»Ich hab auf dem Kopf eh keine Haare mehr«, lächelte er schief.

»Ich muß los«, sagte ich. Ich fuhr wieder nach Kutaissi wegen einer Gegenüberstellung.

Man machte eine große Sache daraus: Ein friedlicher Ex-Afghanistankämpfer sei zusammengeschlagen worden. Ich wurde ständig zu unserem Stadtkomitee vorgeladen, so nach dem Motto: »So können wir die Sache nicht stehen lassen!«

»An jenem Tag wurden einige Typen verhaftet, und du sollst eine Beschwerde bei der Polizei einreichen, daß unbekannte Täter dich auf der Demonstration zusammengeschlagen haben«, sagten sie.

Sie wollten das Ganze so aussehen lassen, als ob ich aus eigenem Antrieb zur Demonstration gegangen wäre, als ob mir die dort verkündeten Parolen nicht gefallen hätten und ich beim Versuch, dies zum Ausdruck zu bringen, verprügelt worden wäre.

Wie hätte ich eine Beschwerde einreichen sollen? Ich wurde nicht so erzogen, daß ich jemanden in die Hände der Regierung übergeben könnte. Außerdem bat man mich, eine von Anfang bis Ende erfundene Geschichte zu schreiben. Ich erwähnte nicht mal, daß man bei mir die Blutung nur mit Mühe stoppen konnte und ich an Diabetes litt, denn in diesem Fall hätten sie mich noch mehr bedrängt, der Kriegsveteran sei zusammengeschlagen worden ... Von der ganzen Sache erzählte ich nur Tamriko, am gleichen Tag, als man mich aus dem Hof herausbrachte, während ich noch immer blutete. Ich sagte ihr, ich hätte Diabetes, daher würde es nicht so leicht sein, die Blutung zu stoppen. Damals fuhr man mich mit einem Rettungswagen von Kutaissi nach Hause. Tamriko fuhr nicht im Rettungswagen mit. So etwas hätte niemand verstanden. Aber ich schaffte es zumindest, sie danach zu fragen, wo sie studierte und ob sie eine Telefonnummer hatte.

Das ist ein ganz normales Vorgehen bei uns, denn man muß sich bei einer Person bedanken. Man bedankt sich bei uns mit einem Geschenk, aber in jenem Moment dachte ich nicht über ein Geschenk nach. Ich wollte mit diesem Mädchen einfach noch einmal reden. Das war es, was ich spürte, und nicht die Notwendigkeit, ihren Eltern ein Ferkel und einen Truthahn zu bringen.

Weil ich keine Beschwerde eingereicht hatte, blieb das Regionalkomitee unzufrieden. Sie ließen mir keine Ruhe und übergaben mich der Polizei, die mich mit Vorladungen überhäufte: »Du bist ein Zeuge, du mußt zu einer Befragung erscheinen.«

Ich ging nicht, bis sie eines Tages bei mir zu Hause auftauchten.

»Du verzögerst unsere Ermittlungen, und wir nehmen dich mit Gewalt mit, wenn es sein muß«, drohten sie.

Meine Mutter verfluchte die ganze Welt, und die Polizisten zogen sich geknickt zurück: »Uns macht es ja auch keinen Spaß, bei jemandem so aufzutauchen, aber ihr wißt doch, woher die Anweisungen kommen.«

Ich fuhr nach Kutaissi, und sie befragten mich. Ihnen gefiel nicht, was ich erzählte, über die vorher erfolgte Vorladung und wie wir auf die Demonstranten gehetzt worden waren. Der Ermittler hörte mir verdrossen zu, dann sagte er: »Wir müssen eine Gegenüberstellung durchführen«, und sie brachten mich in ein anderes Zimmer, wo sechs Typen an der Wand aufgereiht standen.

Ich fragte: »Was für eine Gegenüberstellung? Wie hätte ich in jenem Tumult auseinanderhalten können, wer wen geschlagen hat?«

»Wir brauchen das trotzdem«, sagten sie.

Natürlich hatte ich mir die Typen nicht mal angesehen, als ich antwortete, daß ich niemanden erkennen konnte. Nach zehn Tagen wurde ich wieder vorgeladen, sie ließen mich ein völlig verändertes Befragungsprotokoll lesen und sagten, ich solle es unterschreiben. Der Ermittler gab mir zu verstehen, daß es der beste Ausweg war, ich würde danach meine Ruhe haben und er seine. Also unterschrieb ich.

Eigentlich fuhr ich mit Freuden nach Kutaissi. Ich besuchte Tamriko in ihrem Lehramtsinstitut.

Die demonstrierenden Studenten und die anderen erfuhren von Tamriko, wie die Polizei mich schikanierte. Wir freundeten uns sehr leicht an. Auch die Jungs, die mich im Museum besucht hatten, sah ich wieder.

Sie sagten: »Bruder, jetzt mußt du dich uns anschließen, wir werden die Kommunisten bald stürzen.«

13.

Um uns herum geschahen so viele Dinge, daß es unmöglich ist, sich an alles zu erinnern. Im Gehirn findet zwar alles seinen Platz, aber man kann nicht alles gleichzeitig erzählen, vor allem nicht, wenn man schreibt. Ich bin kein erfahrener Schreiber. Wenn ich es schaffen sollte, dieses Heft vollzuschreiben, ist das schon eine große Leistung.

Allmählich fand der Moralkodex der »Diebe im Gesetz«* einen großen, enorm großen Anklang in unserer Stadt. So etwas gab es auch vorher schon, denn das Gefängnis lag neben der Stadt, und das dortige Leben beeinflußte mit seinen Regeln schon immer die Stadt, ob man es wollte oder nicht. Aber nicht in dem Ausmaß, wie es in der Zeit jener Umwandlung anfing.

Als ich aus der Armee zurückkehrte, fiel mir dieser Umstand sehr schnell ins Auge. Sogar meine Freunde sprachen pausenlos über die »Diebe im Gesetz«, sie erzählten Tausende Geschichten über deren Leben. Sie sammelten Geld,

* »Diebe im Gesetz« (russisch воры в законе, georgisch კანონიერი ქურდები) ist eine Bezeichnung für eine bestimmte Gruppe von Kriminellen, die meist aus den Nachfolgestaaten der Sowjetunion stammen und der organisierten Kriminalität zuzurechnen sind.

um es ins Gefängnis zu schicken. Ich werde jetzt jene »diebischen« Fachbegriffe nicht aufzählen, die jeder Bewohner unserer Stadt kennt außer unseren Großvätern, aber gleich nach der Rückkehr merkte ich, daß man ohne deren Gebrauch überhaupt nicht mehr reden konnte. Überall handelte das Gespräch von Kartenspiel, von damit gewonnenem oder verspieltem Geld, von zu bezahlenden Spielschulden. Da diese Spielschulden eine heilige Angelegenheit darstellten, durfte man keine Wege und Mittel scheuen, um sie zu bezahlen.

Ich stellte mit Verwunderung fest, daß ein guter Freund von mir, der in solche Sachen involviert war, ein Jahr nach meiner Rückkehr ins Gefängnis geschlichen war, wo er von den dort einsitzenden »Dieben im Gesetz« zu einem von ihnen initiiert wurde. Wie er diesen »Gefängnisbesuch« organisierte, weiß ich nicht, aber so war es.

Ich mochte diesen Freund sehr, genauso wie er mich, obwohl er mich in letzter Zeit kaum noch besuchte. Aber falls doch, war er immer gut drauf und sehr gütig. Als ich erfuhr, daß er nun ein »Dieb im Gesetz« war, machte es mich konfus, denn ich wußte nicht, wie ich mich verhalten sollte; man muß doch mit denen ganz anders sprechen.

Aber eines Abends kam er selbst zu uns, genauso wie früher, er überhäufte meine Mutter mit Küssen, gab meinem Bruder mit einem leichten Klaps auf die Wange zu verstehen, es sei bereits an der Zeit, sich zu rasieren, steckte meiner Schwester fünfzig Rubel zu und sagte zu mir, ich solle mich anziehen und nicht in Hauslatschen mitgehen.

Er brachte mich in ein Restaurant außerhalb der Stadt. Dort, in einem Séparée, waren alle Räuber und Diebe der Stadt versammelt, sogar einige aus Kutaissi. Er stellte mich ihnen so vor: »Hier, der ehrlichste Mann unserer Stadt.«

Ich merkte ihnen während des Gelages nichts Schlimmes an, aber man erzählte grauenhafte Geschichten über sie, darunter auch über meinen Freund: Er habe in einem Dorf einen Buchhalter überfallen und ihn mit einem heißen Bügeleisen so lange gefoltert, bis er das versteckte Geld und den Schmuck herausholte. Und solche Sachen.

Was mich betrifft, so sagte er mir jedes Mal, wenn er bei mir vorbeischaute, daß er sich nur bei mir wohlfühlte.

In meiner Kindheit hatte ich höchstens von zehn »Dieben im Gesetz« aus unserer Stadt gehört, sie waren alt, und die meisten von ihnen waren nach Rußland ausgewandert. Nun gab es deutlich mehr davon. Sogar ein Dutzend war für eine kleine Stadt zuviel, aber man führte es darauf zurück, daß es in der Nähe ein Gefängnis gab.

Mein Kumpel sagte: »Wenn du in irgendeine Notlage gerätst, werde ich Köpfe rollen lassen. Es ist unzulässig, daß man einen ehrlichen Menschen belästigt.«

Er wollte mich unbedingt zu den Nutten in Kutaissi mitschleppen, doch ich weigerte mich. Ich konnte so nicht. Er war ein sehr guter Freund von mir und machte sich ernsthaft Sorgen, wieso ich das Angebot ablehnte, ob nicht der Diabetes die Ursache dafür war. Nein, sagte ich, nein.

Dann wurde er verhaftet, und man machte ihm den Prozeß. Er saß lächelnd auf dem Stuhl hinter der Gerichtsschranke, er zwinkerte mir zu und ging mit den Polizisten mit. Das Urteil lautete acht Jahre.

Er saß in einer Strafkolonie in der Nähe von Tbilissi, man ließ ihn die Strafe nicht bei uns absitzen. Nach einem halben Jahr besuchte ich ihn, meine Mutter bereitete für ihn einige Mitbringsel zu. Zwei riesige Taschen.

»Schämst du dich nicht? Ich muß eigentlich dich ernähren, ich bin schließlich ein ›Dieb im Gesetz‹, Junge«, sagte er, aber er freute sich riesig.

Mit dem Bus war es schwer, ihn regelmäßig zu besuchen. Man mußte umsteigen, die Sachen mitschleppen. Auch das Essen verdarb leicht. Außerdem sagte er mir, er würde ohnehin bald rauskommen.

Islam Sultanow mochte es nicht, daß die »Diebe in Gesetz« so stark an Einfluß gewannen. Ich merkte es ihm deutlich an, denn einmal erzählte ich ihm Geschichten aus der Stadt, was ich anscheinend mit großer Begeisterung tat, und er deutete sie als ein schlechtes Zeichen. Zudem hatte ich ihn in jener Zeit mehrmals gefragt, wieso er beim Erzählen seiner Lagergeschichten die »Diebe im Gesetz«, die bestimmt auch dort waren, kein einziges Mal erwähnt hatte. Wahrscheinlich wiederholte ich diese Frage so oft in verschiedenen Variationen, daß er mir letztendlich antwortete: »Ich erzählte dir über die Menschen.«

Er saß am Fenster, und das Licht schien in einer sonderbaren Weise auf ihn. Er trug seine alte Filzweste und ein kragenloses Hemd. Er schien sich an der Sonne zu wärmen, und ich dachte daran, daß Islam Sultanow so viel älter war als ich. Sein Bart ähnelte dem eines Greises, das durch das Fenster hereinkommende Licht fiel auf ihn und durchleuchtete seinen Bart. Es kam mir so vor, als ob der Bart die Lichtquelle war.

»Sei jetzt nicht sauer auf mich«, sagte ich.

Wißt ihr, was für ein Mann er war?

Er ließ nie auch nur ein einziges Wort über seine Religion und solche Sachen fallen.

Überhaupt, ich hatte den Eindruck, daß ich trotz seiner zahlreichen Erzählungen sehr wenig über ihn wußte. Für einen jungen Menschen ist es schwer, über den Charakter eines anderen Menschen zu urteilen. Du fühlst einiges, du siehst was, du magst jemanden, du vertraust ihm, aber wenn man dich bittet, über den Charakter dieses Menschen zu erzählen, kannst du nichts sagen. Du kannst nichts beim Namen nennen. Jetzt fällt es mir leichter.

Er war ein ehrenhafter Mann, der beste überhaupt. Was er hatte, war eine merkwürdige, unausgesprochene Würde. Wie hatte er es geschafft, so viele Jahre an jenem grauenhaften Ort zu verbringen? Ich glaube, für ihn wäre es am schmerzhaftesten, genau diese innere Würde aufzugeben.

Seine Würde bestand nicht darin, sich angeberisch aufzublasen und in den Vordergrund zu stellen. Ganz im Gegenteil, ich hatte selten einen so entgegenkommenden und anspruchslosen Menschen gesehen. Er fiel niemandem ins Auge. Er lebte schon seit so vielen Jahren in unserer Stadt, und während man ihn hinter seinem Rücken stets einen Tataren nannte, wußte in Wirklichkeit niemand, wer er war oder wozu er fähig war und was er so alles drauf hatte. Höchstens wußten der Buchhalter vom Klub und Tante Schura von der Bibliothek etwas über ihn. Was hätte man sonst über ihn in Erfahrung bringen können, etwa, wie lange er sich beim Friseur aufgehalten hatte? Auch dort interessierte sich niemand für ihn.

»Wenn der Stadtfriedhof kein Ort ist, den du besuchst, ist es nicht deine Stadt.« Das sind seine Worte, die er mir mal sagte.

Ich begriff, daß er ein Fürst war. Beziehungsweise war er in seinem entfernten Land das, was unserem Fürsten gleichstand. Wahrscheinlich war sein Rang sogar höher, aber wo hätte ich Fürsten sehen sollen? Nur in Schulbüchern, und das auch nur dann, wenn sie zugleich Dichter waren. Obwohl, in letzter Zeit wurde im Fernsehen schon gezeigt, was für Menschen sie waren, wie sie von den Kommunisten umgebracht wurden und wie ein Teil von ihnen nach Paris flüchtete.

Was für ein Mensch Islam Sultanow war, erfuhr ich dennoch mit der Zeit mehr und mehr.

So läuft es anscheinend ab. Im Leben muß einiges passieren, und dann hat man einen besseren Durchblick. Es war die Zeit der Bewegung damals. Nicht unbedingt in die richtige Richtung, aber auf jeden Fall war es die Zeit der Bewegung.

Ich hätte statt der »Bewegung« die Zeit der Handlung sagen sollen. Es war die Zeit, die jeden zwang, zu handeln.

Wer es schaffte und unbeweglich blieb, der überlebte, sogar ohne Schmerzen.

14.

Diese Geschichte begann sehr unerwartet.

Es war Frühling. Jenes schlimme Ereignis im April 1989, als die russischen Soldaten die Menschen in Tbilissi niedermetzelten, war bereits passiert. Die Regierung war fast vollständig zerrüttet, und an jeglichen Ereignissen nahmen die neuen Parteien teil. Nein, es waren immer noch die Kommunisten an der Macht, sie hatten aber keine reale Macht mehr, um etwas zu verbieten.

Also fing meine Mutter eines Abends an zu meckern, wann sie endlich ein Enkelkind bekäme.

Es war Blödsinn. So meckern bei uns die Mütter der jungen Männer, die sich ihren Dreißigern nähern.

Vielleicht fühlte sich meine Mutter durch die turbulenten Zeiten gehetzt, sie machte sich Sorgen darüber, was uns in der Zukunft erwartete, und wollte, daß zumindest ihr Ältester verheiratet war. Wenn sie geahnt hätte, was uns erwartete, hätte sie nicht mal im Traum über meine Heirat nachgedacht. Woher hätte aber meine arme Mutter wissen sollen, daß wir bald Nahrungsmittelengpässe bekommen würden und als einziger Ernährer der Familie unsere Kuh bleiben würde?

Wie sich herausstellte, hatte meine Mutter mit den Vorbereitungen für meine Heirat bereits begonnen, ohne mir etwas davon zu berichten. Sie hatte die Tochter der stellvertretenden Schulleiterin der dritten Schule, die im ersten Semester in Kutaissi studierte, immer noch im Visier. Die Mutter blieb anscheinend so lange still, weil sie ihren Schulabschluß und den Studienbeginn abwartete. Zugleich wollte sie sehen, ob sie es tatsächlich schaffte, die Aufnahmeprüfungen zu bestehen. So sind unsere Mütter und Großmütter, wenn es um ihre zukünftigen Schwiegertöchter geht.

Erst danach hatte sie angefangen zu handeln und die Sache in die Wege zu leiten, was mit Hilfe der Verwandten und Freunde passierte. Jemand muß in die Sache eingeweiht sein, und sobald der Moment günstig erscheint, wird die Mutter des Mädchens oder des Jungen gefragt, was sie über dieses Mädchen oder diesen Jungen denkt. Dann wird alles langsam in Gang gesetzt, man muß mehr in Erfahrung bringen, mehr nachdenken und als letztes die Besichtigung organisieren. Es geschieht auf einer Feier bei einem Verwandten, die aus irgendeinem Anlaß veranstaltet wird. Dorthin wird auch dieses Paar »ganz zufällig« eingeladen, damit sie einander besser begutachten können. Also, die ganze Sache war bereits in die Wege geleitet, und meine Mutter hatte schon erste Schritte unternommen. Sie legte nur deshalb eine Pause ein, um mich zu fragen, wann wir eine Besichtigung durchführen könnten, denn alles andere hatte man schon in Erfahrung gebracht und ausgekundschaftet. Die stellvertretende Schulleiterin der dritten Schule zeigte sich anfänglich abgeneigt: »Das Mädchen ist noch im ersten Semester, sie kann doch nicht mit dem Studium aufhören.«

Aber dann rief man ihr einige Geschichten ins Gedächtnis.

»Es sind turbulente Zeiten, wer weiß, was uns noch erwartet, du hast das Kind ohne den Vater großgezogen, nun sieh zu, daß es nicht noch schwerer für dich wird«, so redeten sie auf sie ein.

Die stellvertretende Schulleiterin war eine mannhafte Frau.

»Gut, wir wollen sehen«, sagte sie. Sie meinte eigentlich, daß sie mehr über mich erfahren wollte. Auch die Tatsache, daß wir beide von alleinerziehenden Müttern großgezogen wurden, wurde zu Gehör gebracht.

»Er ist der ehrlichste Junge in unserer Stadt«, das sagte man ihr auch.

Ich hatte dieses Mädchen noch nie gesehen. Ich hatte mit den Schülern aus der dritten Schule noch nie was zu tun gehabt, aber die Rede meiner Mutter brachte mich aus der Fassung.

Eigentlich war meine Mutter in Ordnung. Sie war eine gute Mutter und sagte mir im voraus über diese Besichtigung Bescheid, denn oft werden die jungen Männer nichtsahnend zu diesen Treffen mitgenommen, und erst im nachhinein fragt man sie, wie man jenes Mädchen fand.

Ich sagte, die Sache sei ausgeschlossen.

Meine Mutter war bestürzt und begann mich auszufragen. Als sie mir keine Ruhe ließ, sagte ich, ich würde nie jemanden mit Hilfe einer Verkuppelung heiraten, was sie nicht wirklich verstand. Also warf ich ihr an den Kopf, daß ich ein anderes Mädchen liebte und deshalb die von ihr Ausgesuchte nicht heiraten konnte.

Der letzte Satz war ein Fehler, denn während das zuerst Gesagte fest und entschlossen klang, betraf die andere Aussage ein lebendiges Wesen. Der Kampf gegen ein solches Wesen sowie dessen Vernichtung war eine normale, gesellschaftlich akzeptierte Angelegenheit.

Meine Mutter weinte so viel, daß meine Schwester sie mit offenem Mund betrachtete.

Irgendwann beruhigte sie sich und begann mich erneut auszufragen, wer sie sei, was sie mache. Als ich ihr so einiges erzählt hatte, seufzte sie, man werde nie zulassen, daß ein Mädchen aus Kutaissi, noch dazu eine Studentin, mich heiratete und in unsere Gegend zog. Dann drängte sie mich, ihr das Mädchen zu zeigen. Ich verneinte mit der Begründung, daß ich das Mädchen nicht gut genug kannte, um sie der Mutter vorzustellen. Schließlich wollte sie ihre Fotos sehen. Auch das schlug ich aus, ich hätte keine Fotos von ihr. Ich begriff, daß sie die Fotos nicht grundlos erwähnt hatte, daß sie unbedingt danach suchen würde, und in welches Versteck hätte ich sie legen sollen, damit sie sie nicht finden konnte? Also nahm ich die Fotos am nächsten Tag mit zur Arbeit.

»Wenn die Zeit reif ist, dann zeige ich sie dir, und wenn

du willst, daß ich heirate, hilf mir, jemanden zu ihren Eltern zu senden, zum Beispiel meinen Onkel, er ist ja sonst zu nichts zu gebrauchen«, sagte ich zu ihr.

Die Mutter quengelte noch sehr lange, stimmte aber nach zwei Tagen zu, den Onkel zu ihr zu schicken, vorher aber wollte sie ihr Foto sehen.

»Ich werde sie bitten, mir ein Foto zu geben, und dann bringe ich es dir«, antwortete ich.

Ich liebte Tamriko sehr, ich fuhr fast täglich nach Kutaissi, um sie zu sehen, und es fiel mir jedes Mal schwerer zurückzufahren, aber was hätte ich machen sollen?

Islam Sultanow wußte über diese Sache Bescheid, gab mir jedoch diesbezüglich keine Ratschläge außer seiner einmaligen Bemerkung, ich sollte heiraten.

Ich ging manchmal im Museum vorbei und besuchte die Alten.

Der stellvertretende Direktor war ein schlauer Bursche.

»Wann läßt du uns auf deiner Hochzeit tanzen?« fragte er mich immer wieder.

Keine Ahnung, warum er das fragte. Ob er von der Sache mit der Tochter der stellvertretenden Schulleiterin der dritten Schule Wind bekommen hatte oder ob er es daran merkte, daß ich immer weniger Lust hatte, auf der Arbeit zu erscheinen? Wir bekamen unser Gehalt sowieso mit großen Verspätungen, und es reichte vorne und hinten nicht, aber die Hauptereignisse im Museum standen noch bevor.

Ich wunderte mich selbst, meiner Mutter gesagt zu haben, daß wir meinen Onkel zu Tamrikos Familie schicken sollten, denn über solche Sachen hatte ich mit Tamriko noch gar nicht gesprochen.

Meine Mutter fragte ständig nach Tamrikos Personalien, verlangte nach Einzelheiten über ihre Familie und wollte Fotos sehen. Sie wollte alles vorher in Erfahrung bringen, bis wir zur Tat schritten.

Währenddessen wurde das Leben schwieriger.

In der Politik waren große Umwälzungen im Gange.

15.

Ich war wieder mal in Kutaissi, als diese Geschichte im Museum passierte.

Unser Direktor schien so verängstigt und eingeschüchtert zu sein, daß er nicht mal imstande war, beim Regionalkomitee anzurufen. Seinem Stellvertreter konnte man nichts anmerken, während die Hauptwärterin begann, die Begebenheit aufgeregt in der ganzen Stadt zu verbreiten.

An jenem wunderschönen Nachmittag hielten drei Wagen vor dem Museum, und ganz unerwartet tauchten Besucher auf.

So etwas war in unserem Museum noch nie vorgefallen, auch ich war noch nie dort gewesen, bevor ich anfing, für das Museum zu arbeiten.

Am erstaunlichsten erschien die Tatsache, daß die Besucher Ausländer waren, die von einem Dolmetscher begleitet wurden.

Natürlich gab Tante Babutsa bei der Führung ihr Bestes, sie war zwar sehr aufgeregt, erzählte aber alles, was sie wußte. Unter den Ausländern befand sich ein kleiner, dicklicher Herr mit einem nach oben gezwirbelten Schnurrbart, die anderen waren wohl seine Begleiter. Auch seine Frau war dabei.

Sie besichtigten das Museum sehr ausgiebig. Der Ausländer schien begeistert und betrachtete jedes Ausstellungsstück mit Tränen in den Augen. Tante Babutsa wunderte sich sogar, wie rührselig diese Ausländer waren. Am Stand mit den Schwertern und Dolchen angelangt, fragte der Mann nach der Erlaubnis, eine der Waffen in die Hand zu nehmen.

Tante Babutsa antwortete, daß es in der Regel verboten sei, aber für ihn könne man eine Ausnahme machen, und schloß die Vitrine auf.

»Er hielt den Dolch mit solcher Ehrfurcht in der Hand, schaute mit ernstem Gesichtsausdruck auf ihn und küßte ihn dann so innig, daß ich beinahe geweint hätte«, erzählte Tante Babutsa.

Als sie mit der Besichtigung des Museums fertig waren, bat der Ausländer um die Erlaubnis, auch weitere Räume sehen zu dürfen, was Tante Babutsa sehr erstaunte. Sie meinte, dort sei nichts ausgestellt, es seien lediglich Arbeitszimmer und Lagerräume. »Ich weiß«, antwortete der Ausländer, »ich weiß es sehr gut, sogar haargenau.«

Seine Antwort verdutzte Babutsa noch mehr.

»Vor allem interessiert mich das Zimmer, in dem ihr die Archive aufbewahrt«, fügte er hinzu.

Babutsa nahm ihn leichtgläubig mit und zeigte ihm ihr eigenes und das Zimmer des stellvertretenden Direktors.

Dort trat der Ausländer zum Fenster und betrachtete sehr lange die Landschaft, den Berg und die darauf stehenden Schloßruinen.

Dann nahm er irgendein altes Papier aus der Tasche und breitete es auf dem Tisch aus. Er schaute darauf und fuhr mit dem Finger hin und her, erzählte Babutsa etwas, und am Ende sagte er erfreut: »Wir befinden uns hier. Es war das Schlafzimmer.«

Als der Dolmetscher das für Babutsa übersetzte, fragte er zugleich, ob sie sich an die Fürsten erinnerte: »Können Sie sich erinnern, wem das Haus vor der Revolution gehörte?«

»Natürlich erinnere ich mich«, antwortete Babutsa, »dieses Haus gehörte Familie Eristawi. Es wurde zwar umgebaut, aber es ist ganz sicher das Haus der Eristawis. Es war das schönste Gebäude in unserer Gegend. Am Anfang wurde hier das Regionalkomitee eingerichtet, als dann ein neues Gebäude dafür gebaut war, eröffnete man das Museum.«

»Also, hier, dieser Mann ist der Nachfahre der Eristawis«, sagte der Dolmetscher, »er trägt auch selbst den Nachnamen Eristawi, er ist der Urenkel von jenem Kotsia Eristawi, der von den Kommunisten umgebracht wurde und dessen Familienangehörige ins Ausland geflüchtet sind.«

Babutsa war so gerührt, daß sie wieder ein paar Tränen verdrückte, und die französische Frau von jenem Eristawi tröstete sie.

»Auch er selbst streichelte mir die Schulter.«

Noch eine Bitte hatten sie: Sie wollten, falls es ein Archiv gab, dort nach Informationen über ihre Familie suchen und von den ausgestellten Gegenständen diejenigen, die ihrer Familie gehörten, finden und fotografieren.

Tante Babutsa erklärte, sie stehe ihnen mit allen Mitteln und Kräften zur Verfügung, aber ihre Stellung und ihre Kenntnisse reichten nicht aus, um bei dieser Sache behilflich zu sein.

»Ich werde alles meinen Vorgesetzten melden, und Sie können vorbeikommen, wann immer Sie wollen«, sagte sie.

»Wir kommen in einer Woche wieder, wir sind gerade in

Tbilissi zu Besuch, wo wir einen Monat lang bleiben werden, und wir sind Ihnen zutiefst dankbar, wenn Sie uns behilflich sein können«, antworteten sie.

Wie man erzählte, streichelte und liebkoste jener Mann die ganze Zeit die Wände. Georgisch konnte er allerdings überhaupt nicht. Er war Franzose. Dann nahm er noch ein anderes Papier aus der Tasche und sagte: »Das ist die Liste und die Beschreibung der Gegenstände, die, wie wir vermuten, vor langer Zeit unserer Familie gehörten, und wenn Sie sie durchgehen, könnten Sie vielleicht die Sachen, die tatsächlich bei Ihnen gelagert sind, mit einem Kreuz markieren?«

Tante Babutsa begleitete die Gäste mit Umarmungen und Küssen nach draußen und erzählte dem Direktor, der am Nachmittag im Museum erschien, begeistert die ganze Geschichte. Als der Direktor alles angehört hatte, drehte er durch. Er nannte Babutsa eine blöde Kuh, riß ihr die Liste aus der Hand und steckte sie in seine Schublade. Dann ließ er sie seinen Stellvertreter holen und setzte ihn ins Bild. Der Stellvertreter schaute die Liste durch und sagte:

»Das wußte ich auch vorher. Das Haus, samt den Schwertern, Dolchen und Möbeln, gehört der Familie Eristawi.«

Tante Babutsa verstand zunächst nicht, warum ihre Vorgesetzten so außer sich gerieten, aber dann erklärte ihr der Stellvertreter, daß sie herkommen, uns verklagen und alles zurückholen würden.

»Siehst du nicht, was für Zeiten das sind? Dann bleibst du ohne Arbeit. Es kommt bestimmt auch eine Zeit, in der jeder seinen Besitz zurückerlangen wird.« Genau so drückte er sich aus.

Dem Direktor wurde schlecht. Nach meiner Meinung

passierte das vor allem deshalb, weil diese auf den ersten Blick harmlose Geschichte seine durch die damalige Lage ohnehin verwirrten Gedanken noch mehr erschütterte und er sich als ehemaliges Parteimitglied am Boden zerstört fühlte. Ihm wurde so schlecht, daß sogar der Notarzt gerufen werden mußte.

Diese Geschichte erfuhr ich erst am nächsten Tag und wunderte mich. Ich wollte unbedingt erfahren, ob es tatsächlich möglich war, den von den Kommunisten beschlagnahmten Besitz wieder zurückzufordern.

»Noch nicht«, antworteten mir die Freunde aus Kutaissi, »bis jetzt ist noch die kommunistische Verfassung in Kraft, und gemäß dieser Verfassung hat man keine Handlungsmöglichkeit. Wenn wir uns sehr bald von Rußland losgelöst haben, wer weiß, was für Gesetze wir dann erlassen, und vielleicht wird die ältere Generation ihr ehemaliges Hab und Gut tatsächlich zurückbekommen.«

Zugleich verspotteten sie mich, ob ich nicht Lust bekommen hätte, zwei Acker Land von meinem Großvater zurückzuerlangen.

Als ich Islam Sultanow von der Sache erzählte, sagte er plötzlich etwas völlig Unerwartetes: »Du mußt irgendwie versuchen, eine Fremdsprache zu lernen. Englisch oder Französisch, oder was anderes. Nach meiner Beobachtung ist Englisch besser. Aber irgendeine Sprache mußt du einfach lernen. Uns steht ein anderes Leben bevor.«

Andauernd geschahen so viele Ereignisse, und Islam Sultanow äußerte sich zu keinem von ihnen. Nur in den Fällen, wenn etwas mich betraf, sagte er kurz seine Meinung. Er hatte doch nicht mal einen Fernseher, und auch die Zeitungen las er ganz selten.

»Der Tatare ist alt geworden«, rutschte mir bei den Jungs einmal raus.

Das Gespräch kam aus irgendeinem Grund auf ihn. Ich kann mich nicht erinnern, warum. Wer hätte sich an ihn erinnert und wozu?

16.

In dieser Zeit hatte ich weder das Museum noch jenen ausländischen Gast im Kopf, der die Heimat seiner Vorfahren besucht hatte. Ich dachte ununterbrochen daran, daß ich Tamriko heiraten wollte. Ich sagte meiner Mutter ihren Familiennamen und gab ihr auch einige Fotos von Tamriko. Ich kann nicht behaupten, daß sie begeistert vom Aussehen meiner Angebeteten war, denn sie gab mir die Fotos wortlos zurück.

Sie fragte mich, wie groß sie sei, und fügte hinzu: »Ich will kein Mädchen von niedrigem Wuchs und mit hängendem Hintern.«

Eines Morgens fuhr ich nach Kutaissi und wartete beim Lehramtsinstitut auf Tamriko. Wir sprachen uns immer vorher ab. Wir spazierten ein wenig herum, und dann sagte ich ihr, daß ich meine Familie zu ihrer schicken wollte. Ihre Familie wußte mehr oder weniger über mich Bescheid. Wißt ihr, wie es abläuft? Wenn die Mutter etwas merkt, versucht sie die Freundinnen ihrer Tochter auszufragen, diese wiederum, nachdem das Mädchen ihre Zustimmung gegeben hat, versuchen der Mutter die Neuigkeit schonend beizubringen. Genau das gleiche macht sie dann mit ihrem Ehemann, also mit dem Vater des Mädchens. In der Regel mischt sich der Vater in dieser Phase nicht ein, denn das letzte Wort gehört sowieso ihm.

Ich besuchte Tamriko nie zu Hause und wurde auch zu

keiner Feier bei ihr eingeladen. Zu einem Besuch fehlte mir der Mut, denn das letztere war nie vorgekommen. Ein kluger Mann hätte daraus den Schluß gezogen, daß ihre Eltern sich nicht sonderlich für mich interessierten und auch nicht selbst handeln würden, bis ich den ersten Schritt gewagt hätte. Ich kann nicht behaupten, daß sie sehr reich gewesen wären, aber sie hatten auch in diesen schweren Zeiten keinen Grund, sich zu beklagen. Sie gehörten zu jenen Familien, die seit eh und je gut lebten.

Niemand lief Tamriko nach, ich war der einzige. Wahrscheinlich deshalb, weil sie kein Mädchen war, das ins Auge sprang oder es zumindest versuchte. Sie war eher von der Sorte, die man still und ohne zuviel Aufsehen verheiratet.

Aber ich dachte mir, daß, obwohl ich nicht unbedingt als die erste Wahl erschien, mein Onkel trotzdem zu Tamrikos Vater gehen und um ihre Hand anhalten sollte.

Tamriko bekam große Angst. Sie sagte mir, ich solle es lieber lassen: »Bloß nicht jetzt, vielleicht später, nach einiger Zeit.«

Auch nach einiger Zeit wäre alles beim alten geblieben.

»Sie kommen am Dienstag abend«, sagte ich.

Sie flehte mich an, es nicht zu tun, sie wollte ihre Eltern erst darauf vorbereiten. Aber ich wußte, daß sie schon vorbereitet waren und daß sich an ihrer Einstellung zu mir nichts mehr ändern würde.

Am Ende stimmte sie zu, ihren Freundinnen aufzutragen, den Besuch anzukündigen, und so verabschiedeten wir uns.

Ich spürte, es würde nicht gut ausgehen, aber auf diesem Weg konnte ich ihren Eltern zumindest direkt klarmachen, daß ich vor nichts zurückschreckte.

Wenn es nach mir ginge, hätte ich Islam Sultanow statt meinen Onkel zu ihrer Familie geschickt. Ich stellte mir sogar bildhaft vor, wie er mit seinem weißen Bart und der Kette in den Händen dort eintreten und sprechen würde. Er hätte eine wunderbare Rede gehalten, das weiß ich ganz genau. Zugleich hätte er mit seinen traurigen grünen Augen und seiner ruhigen Stimme einen tiefen Eindruck hinterlassen. Aber das durfte ich aus zwei Gründen nicht tun: Zum einen, weil Islam Sultanow nicht mein Verwandter war, und zweitens, wenn ihre Familie erfahren hätte, daß der Gesandte des Bräutigams ein Tatare war, wäre es zum Gesprächsthema Nummer eins geworden: »Der Bräutigam hat keine Verwandten, er ist eine mittellose Waise, er schickte einen einzigen Menschen zu uns, und dazu noch einen Tataren.«

So oder so, mein Onkel hatte überhaupt keine Hoffnung, daß aus diesem Besuch etwas werden würde.

»Sie sind aus Kutaissi, vermögende Leute, sie werden ihr Mädchen nicht einem Waisenjungen vom Land geben«, meinte er.

Meine Mutter fühlte sich durch seine Worte ein wenig beleidigt, aber was hätte sie machen sollen, sie dachte genauso über die ganze Sache. Der Onkel nahm seinen Schwager mit, und wir gingen hin. Ich wartete am Ende der Straße im Wagen des Schwagers.

Ich erinnere mich daran, wie sie das Tor zum Haus von Tamrikos Familie öffneten. Sie kamen vierzig Minuten später zurück und rochen nach Wodka, man sah ihnen aber die Trunkenheit überhaupt nicht an. Der Schwager ließ den Motor an, mein Onkel wandte sich zu mir und fragte: »Wieso tust du mir das an, Junge? Wieso hast du dich bei den Leuten nicht blicken lassen, oder wieso hast du nichts anderes unternommen ... Außerdem studiert das Kind noch. Sie meinten, sie hätten gar nicht vor, sie jetzt zu verheiraten. Sie sind nette, höfliche Menschen.«

Der Schwager schien noch wütender zu sein: »Quatsch, Bruder, sollen wir vor ihnen herumkriechen oder was? Was zieren die sich? Was haben sie an uns auszusetzen? Oder wer hat ihnen überhaupt vorher etwas darüber gesagt? Von wem haben sie es erfahren?«

Die beiden letzten Fragen betrafen meinen Diabetes. Auch Tamrikos Eltern hatten anscheinend Vorarbeit geleistet und Informationen über mich gesammelt. Ich ging ja in Kutaissi zum Arzt.

»Weißt du, was du hättest sagen sollen?« Der Schwager meines Onkels wollte sich nicht beruhigen. »Die Kinder sind schon so lange zusammen, gehen zusammen aus, und es ist eher eure Schuld, wenn ihr ihn nicht kennt. Vielleicht hättet ihr ihn einmal hereinbitten, ihn euch anschauen sollen? Vielleicht würdet ihr ihn sogar mögen, wer weiß ...«

Mein Onkel machte eine wegwerfende Handbewegung.

»Sie wollen nicht. Was soll ich dagegen machen? Nein, haben sie gesagt, du hast es doch selbst gehört! Es war ihr erstes und auch letztes Wort.«

»Laß dich nicht unterkriegen, Junge«, tröstete der Schwager, »wenn ihr euch liebt ...« Seine Stimme wurde brüchig, und er murmelte vor sich hin: »Ich verstehe nicht, worum geht es denn in diesem Leben sonst noch?«

Ich selbst konnte kein Wort herausbringen. Ich kann mich nicht mal an die Rückfahrt erinnern. Es war bereits dunkel, und wir drei rauchten Zigaretten.

17. Meine Mutter schien zugleich entsetzt und erfreut zu sein: Es hatte sie getroffen, daß man uns für nicht gut genug befunden hatte, aber die Tatsache, daß ich das von ihr abgelehnte Mädchen nicht heiraten konnte, erfreute sie. Sie streichelte und beruhigte mich, während sie selbst besser gelaunt zu sein schien. Es ist interessant, wie sich manche das ganze vorstellen: Sie haben »Nein« gesagt, und damit ist die Sache erledigt? Wir würden uns weder sehen noch was anderes? Wir waren so lange zusammen, und ich hatte sie nur zweimal geküßt, während sie sich das nie getraut hatte. Aber meine Mutter sollte von einer völlig unerwarteten Seite angegriffen werden.

Ich war irgendwie zerstreut. Nicht zerstreut, sondern eher unentschlossen. Ich wollte Tamriko nach dieser Geschichte unbedingt sehen, aber ich zögerte, und es fiel mir schwer. Die nächsten drei Tage vergingen, ohne daß ich zur Arbeit ging oder Islam Sultanow besuchte. Meist saß ich an dem Treffpunkt am Anfang unserer Straße und hörte dem Gelaber der Jungs zu. Niemand hatte was zu tun. In der Stadt funktionierten nur noch die Autowerkstätten und Bäckereien, das Benzin war schon Mangelware geworden. Das war das Gesprächsthema Nummer eins, zusammen mit der Politik, den »Dieben im Gesetz« und den Neuigkeiten von der Straße.

Eines Morgens zog ich mich an und plante, zur Arbeit zu gehen. Insgeheim hoffte ich zugleich, den Mut aufzubringen, nach Kutaissi zu fahren. Als ich den Anfang unserer Straße erreichte, wurden meine Schritte wieder langsamer, und ich setzte mich auf die Bank am Treffpunkt. Genau in diesem Moment sah ich, wie von der Seite des Klubs unser Briefträger erschien.

Ich hatte fast die halbe Kindheit und Jugend auf dieser langen Bank verbracht, und ich hatte noch nie gesehen, daß der Briefträger von dieser Seite in den Klub gegangen war. Wahrscheinlich brachte er in früheren Zeiten täglich die für die Bibliothek notwendigen Zeitungen dorthin, aber persönlich hatte ich es nie miterlebt, während ich ihn jetzt bereits zum zweiten Mal an jenem Klubeingang sah. Ich wunderte mich. Die Zeitungen wurden nicht mehr geliefert, es gab keine Abos mehr, wenn du irgendeine Zeitung haben wolltest, mußtest du ins Stadtzentrum gehen und sie dort kaufen. Die Zeiten, als mein Opa irgendwelchen Blödsinn in »Leben auf dem Land« gelesen hatte, waren vorbei.

Ich weiß nicht, warum, aber ich hatte eine gewisse Vorahnung, daß der Briefträger vielleicht zu Islam Sultanow ging. Wahrscheinlich kam mir dieser Gedanke, weil der Briefträger auf der Seite seiner Wohnung erschienen war. Ich hatte noch nie gesehen, daß Islam Sultanow einen Brief oder eine Zeitung bekommen hätte. Von wem hätte er den Brief bekommen sollen? Ich sprang plötzlich auf, vergaß meinen Liebeskummer und ging zum Klub.

Ich öffnete die Hintertür, durchquerte den kleinen Korridor und betrat das Zimmer von Islam Sultanow ohne anzuklopfen.

Er saß wie gewohnt auf seinem Stuhl, stützte sich mit dem Ellbogen aufs Fensterbrett, trug eine Brille und las einen Brief.

Mein Anblick schien ihn zwar zu verwundern, aber seine Aufmerksamkeit galt immer noch voll und ganz dem Brief.

Bis er zu Ende gelesen hatte, bot er mir nicht mal an, mich zu setzen.

Ich war so verdutzt von dem Anblick, daß ich nicht imstande war, auch nur ein Wort zu sagen. Er steckte den Brief in die Tasche und fragte mich:

»Wie geht es dir?«

So normale, nichtssagende Floskeln hatte ich noch nie von ihm gehört.

»Ich bin einfach vorbeigekommen«, sagte ich, und als ich merkte, daß er über den Brief nicht sprechen wollte, drehte ich mich um.

»Wo gehst du hin, Bruder?« hörte ich plötzlich.

Er begriff, daß ich gekränkt war. Er sagte weder etwas über den Brief, noch fragte er mich nach meinen Angelegenheiten.

»Die Kindheit ist zu Ende«, sagte er schwermütig, »deine Kindheit ist zu Ende. Nun mußt du deinen Mann stehen. Weißt du, was das bedeutet?«

Wie sehr hätte ich mir gewünscht, daß er zu Tamrikos Eltern gegangen wäre.

»Sie ist ein gutes Mädchen. Das bedeutet, daß auch du ein guter Kerl bist ...« Dabei schaute er aus dem Fenster. »Deshalb darfst du keinen Rückzieher machen.«

Das heißt, er wußte alles. Beziehungsweise, er hatte alles begriffen, denn wer sollte ihm die Geschichte erzählt haben?

Aber das, was er mir sagte, vergaß ich am gleichen Abend. Meine Schwester hatte geheiratet.

18.

Mein Bruder war sechzehn Jahre alt, meine Schwester fünfzehn.

Ich war im Museum, als mein Bruder hereinstürmte und sagte, sie hätte geheiratet, sie wäre abgehauen. Ich drehte zwar nicht durch, aber ich regte mich ziemlich auf. Ich wußte von nichts, deshalb. Auch mein Bruder hatte keine Informationen. Ihre Freundinnen wußten anscheinend Bescheid. Der Bräutigam war aus dem Viertel von der anderen Seite des Flusses, ein sechzehnjähriger Junge. Wie sich herausstellte, kannte mein Bruder ihn. Das Schicksal hat uns also doch mit der dritten Schule verbunden. Außer den Mädchen wußten auch einige unserer Nachbarinnen Bescheid.

Das Gejammer und das Weinen meiner Mutter kannten kein Ende. Sie beschimpfte diejenigen Nachbarinnen, die diese Sache vor ihr geheimgehalten hatten.

Sie schrie mich an: »Was stehst du wie angewurzelt da? Geh und bring sie heim!«

Den Regeln nach mußte ich genau so handeln.

Dann kamen meine Kumpels vorbei und teilten mir im Gespräch vorsichtig mit, daß er ein anständiger Junge war und daß sie seinen Bruder kannten.

»Es ist eine ehrliche Familie, wenn du nicht persönlich etwas gegen ihn hast, bring sie nicht zurück«, sagten sie.

Das Zurückbringen hat einen kleinen Haken. Wenn die Suchenden das Mädchen nicht rechtzeitig finden, dann ist die Sache gelaufen. Am nächsten Morgen ist es schon zu spät. Danach brachte man mir noch einen Freund des zukünftigen Bräutigams aus dem Viertel von der anderen Seite des Flusses, für die Verhandlungen sozusagen.

»Ich will ehrlich zu dir sein«, begann er, »die beiden haben sich zu sehr beeilt, aus diesem Grund machen wir uns auch auf unserer Seite einige Sorgen. Wenn die Eltern sich besprechen, werden sie die ganze Sache bestimmt verhindern, während die beiden einander wirklich lieben.«

Ich war gerührt und sagte: »Wenn ich genau wüßte, daß meine Schwester ihn wirklich liebt und daß seine Familie sie trotz der Heimlichtuerei annimmt, würde ich nichts unternehmen.«

Dieser Junge umarmte mich, sagte, er käme bald wieder, und ging dann weg.

Währenddessen schrie und wehklagte meine Mutter ununterbrochen, die Frauen hielten sie an den Handgelenken fest und verabreichten ihr zwischendurch Herztropfen. Jemand meinte sogar, es sei echt übertrieben. Am Ende weinte sie nur darüber, daß meine Schwester doch noch ein Kind war und daß man sie bestimmt mit Schwerstarbeit überlasten würde. Sie beschimpfte und lobte ihre Tochter zugleich. Es war wie auf einer Beerdigung, wenn die Frauen schreiend wehklagen.

»Ich habe sie ohne den Vater großgezogen. Wie konnte sie mir das nur antun und mich so verlassen? Bring sie mir zurück, bring sie mir zurück!« schrie sie.

Mein Bruder stand da und nutzte die Situation aus, indem er Kette rauchte. Wenn so etwas passiert, hat jeder was davon. Die Mutter sah ihn zwar, beschimpfte ihn aber nicht.

Als es später Abend wurde, kamen die Freunde des Bräutigams zurück und riefen mich nach draußen. An der Einfahrt unserer Straße stand ein Auto, in dem der Bruder des Bräutigams auf mich wartete. Ich stieg zu ihm ein, und er reichte mir seine Hand. Ich drückte sie. Dann nahm er ein Papier aus der Brusttasche und übergab es mir.

Es war ein Brief von meiner Schwester. Wie üblich schrieb sie, daß sie aus eigenem Willen mitgegangen war, sie bat mich, mich nicht aufzuregen und ihr zu helfen, sie schrieb, es gehe ihr gut. Als ob eine Fünfzehnjährige wirklich wüßte, was »gutgehen« heißt. Ich mußte darüber lächeln. Der Bruder des Bräutigams schaute mich mißtrauisch an, aber ich reichte ihm wieder die Hand und fragte, wann man denn die Frischvermählten sehen könne?

»Ich habe keine Ahnung, wann die beiden nach Hause kommen, aber wir zwei können sie gleich morgen besuchen und ihnen unseren Segen geben«, sagte er, dann umarmte und küßte er mich zum Abschied.

Ich gab meine Schwester zur Heirat frei, so sah die Sache aus.

Ich brachte den Brief zu meiner Mutter, und sagte, es wäre vorbei, sie sollte mit dem Weinen aufhören, damit wir anfangen konnten, uns um die Mitgift zu kümmern. Ich mußte noch für die kommenden Ausgaben Geld leihen, ich hatte nämlich keins. Die Nachbarsfrauen fingen an zu lachen und zu kichern. Sie überhäuften meine Mutter mit Küssen. Auch ich küßte und liebkoste sie und sagte: »Alles wird gut, du wirst sehen, er ist ein guter Junge.«

Meine Mutter plagten Zweifel, ob nicht auch ich in die Sache eingeweiht gewesen war und es vor ihr geheimhielt.

Am nächsten Morgen holten mich der Bruder und die Freunde des Bräutigams ab, und wir fuhren los. Wie sich herausstellte, waren die beiden bei Verwandten im benachbarten Dorf. In unserem Wagen lag ein großes Weingefäß, und wir hatten vor, ewige Freundschaft miteinander zu schließen. Auch mein Bruder wollte mitfahren, aber ich ließ ihn zurück.

»Wenn er anfängt zu trinken, soll ich mich dann um ihn kümmern oder mit euch feiern?« fragte ich sie, und sie lachten.

Meine Schwester warf sich mir an den Hals. Ich wollte weinen, beherrschte mich aber. Diese Kinder sind so schwermütig und bedrückt. Der Bräutigam verhielt sich mir gegenüber schüchtern.

Und was nun?

Und Tamriko?

19.

Die Sache mit meiner Schwester war nicht mal richtig zu Ende und meine Mutter noch nicht beruhigt, als Tante Babutsa bei uns auftauchte und sagte, daß der Direktor mich sehen wollte.

Ich ging ins Museum.

Dort traf ich den Direktor und seinen Stellvertreter an. Sie saßen nebeneinander am Tisch.

»Die Sache sieht so aus«, begann der Direktor, »du gehst eigene Wege, du machst, was du willst, und ich habe von dir nie etwas verlangt. Jetzt aber ist es notwendig, daß du das Museum für einige Zeit übernimmst. Ich muß in Urlaub fahren, er muß in sein Dorf, du weißt doch, daß er jeden Sommer aufs Land fährt.«

Was hätte ich denn sagen sollen? Ich sagte zu, zur Arbeit zu gehen.

»Babutsa wird hier sein und dir aushelfen«, sagten sie.

»Gut«, antwortete ich.

»Ich bin ab morgen im Urlaub. Ich habe dich rufen lassen, weil du nicht aufgetaucht bist. Hier, übernimm die Schlüssel, und warte in Frieden auf uns«, so der Direktor.

Ich wunderte mich, wozu das Museum eine weitere Bewachung brauchte. Babutsa ging regelmäßig hin, und wer sonst hätte seinen Schritt dorthin lenken sollen? Sie hätte das Museum aufgemacht und dann wieder abgeschlossen.

Wir waren gerade mitten im Gespräch, als die Tür aufging und drei Polizisten eintraten. Einer war sogar sehr hochrangig – der stellvertretende Polizeichef. Sie reichten uns die Hand und sagten, daß sie mit der Bestandsaufnahme beginnen wollten.

Das hatte ich nun überhaupt nicht erwartet. Der Direktor meinte, er sei im Urlaub und habe mich als den Verantwortlichen zurückgelassen, ich solle die Bestandsaufnahme durchführen. Zugleich zeigte er den Polizisten eine vorher vorbereitete Verordnung. Dies wunderte mich noch mehr, und ich fragte, von welcher Bestandsaufnahme die Rede war. Als Antwort bekam ich vom Stellvertreter, daß das Museum gestern ausgeraubt worden sei.

»Die Welt ist vollends verdorben«, fügte er hinzu, »das Gefängnis hat einen Großteil dazu beigetragen. Jeder, der von dort entlassen wird, kommt an unserer Stadt vorbei«, und so weiter und so fort.

»Ich wußte das nicht«, sagte ich.

»Ja, der Vorfall wurde schon gestern registriert, heute muß festgestellt werden, was alles entwendet wurde«, antworteten sie.

Als wir den Saal betraten, stellte sich heraus, daß alles, was einen Wert besaß, von den Wänden abgenommen worden war.

»Sieh mal«, sagte der Stellvertreter. Hinten beim Ausgang standen drei antike Stühle, wie man sie bei uns höchstens noch in einem alten Film sehen konnte. Auch diese waren verschwunden. Die Polizisten machten einen Rundgang und notierten alles. Sie schrieben im Arbeitszimmer etwas sehr ausführlich nieder und schoben dann das Papier zum Unterzeichnen zu mir. Als ich die Liste durchgeschaut hatte, erklärte ich dem Direktor, daß dort einige Sachen fehlten.

»Was denn?« fragte er.

»Drei Ikonen. Wir hatten doch Ikonen«, antwortete ich.

»Junge, du müßtest ab und an mal zur Arbeit kommen. Wir haben diese Ikonen der Kirche übergeben, du weißt doch, was für turbulente Zeiten das sind«, sagte der Direktor, dann wandte er sich an die Polizisten: »Wir besitzen alle dazugehörigen Unterlagen. Die Sache ist über das Komitee abgelaufen, der Besitz wurde von der Liste gestrichen und dem gesetzlichen Eigentümer, unserer Stadtkirche, übergeben. Sogar eine Übergabeakte wurde erstellt. Man versucht ja, sich den Forderungen der neuen Zeit anzupassen.«

Die anderen bejahten: »Natürlich wissen wir von der Sache. War es nicht die Ikone, die jetzt auf der linken Seite in der Kirche hängt?«

Ich aber war noch nie in der Kirche gewesen. Ich plante zur Trauung meiner Schwester hinzugehen.

Damals dachte ich nicht ernsthaft über diese Sache nach, ich hatte den Kopf mit anderen Gedanken und Sorgen voll. Seit einer Woche hatte ich Tamriko nicht mehr gesehen, und wer weiß, was sie sich ausmalte.

Erst gegen Abend ging ich bei Islam Sultanow vorbei, den ich halb liegend vorfand. Auf seiner Brust lag ein aufgeschlagenes Buch, und er schaute zur Decke.

Er gab mir zu verstehen, worum es ging. Er sagte kurz:

»Der Mann will seinen Besitz zurückbekommen. Einem solchen Mann mußt du mit allen Mitteln zur Seite stehen.«

»Welchen Mann meinst du?« wollte ich gerade fragen und begriff plötzlich, daß er über diesen Ausländer, Eristawi, sprach. Genau aus diesem Grund hatten auch der

Direktor und sein Stellvertreter Angst, daß Eristawi nach seinem im Museum aufbewahrten Hab und Gut fragen würde. Erst später schaffte ich es, Tante Babutsa zum Reden zu bringen. Sie erzählte, daß Eristawi zusammen mit seinen Leuten von der Bergseite her am Museum aufgetaucht war, aber sie waren darauf vorbereitet und öffneten nicht. Was hätten die Ankömmlinge machen sollen? Etwa die Tür gewaltsam einschlagen? Die Ikonen gehörten tatsächlich der Familie Eristawi. Babutsa wußte darüber Bescheid, daß das Patenkind von Eristawi sie bei sich versteckt hatte, bis man eines Tages bei ihm auftauchte und sie für das Museum mitnahm.

So war es in den früheren Zeiten üblich.

20.

Ich traf Tamriko auf ihrem Heimweg in der Nähe des Lehramtsinstitutes.

Es war ein merkwürdiges Treffen, als ob eine Entfernung zwischen uns läge und wir versuchten, einander zu vermeiden. Ich kann nicht sagen, daß mein Anblick sie nicht gefreut hätte, aber sie war noch vorsichtiger und wortkarger als sonst. Man kann es nicht anders bewerten, als daß der Besuch meines Onkels bei ihrer Familie und deren Absage eine Mauer zwischen uns zu errichten begann. Für Tamriko hatte dieser Vorfall eine Bedeutung. Anscheinend auch für mich.

»Ich sagte doch, daß es so ausgehen würde«, sagte sie leise zu mir. Mehr sagte sie nicht. Auch mir fehlten die Worte, aber da ich etwas sagen mußte, erzählte ich ihr von der Heirat meiner Schwester.

»Sollen wir das gleiche tun? Ist es das, was du denkst?« fragte sie mich.

Ich antwortete, daß ich, wenn ich so darüber denken würde, bereits etwas unternommen hätte. Das einzig Gute an dieser ganzen Geschichte war, daß ihre Eltern nun über meine Absichten Bescheid wußten.

Sie stimmte mir zu und meinte: »Denk nicht mal im Traum daran, daß ich mich jemals trauen werde, mit dir durchzubrennen. Übrigens hast du keine Ahnung, wie meine Cousins drauf sind, die würden ganz sicher durchdrehen. Außerdem ist meine Mutter eine starrsinnige Frau und wird mich nicht bei dir bleiben lassen. Es kommt zu einem größeren Unglück für uns beide, und dann werden wir uns nicht mal mehr sehen können.«

Von ihren Cousins hatte ich schon früher gehört. Das waren in ganz Kutaissi bekannte Brüder. Sie waren mit einigen »Dieben im Gesetz« gut befreundet, und man hätte ihnen kaum Widerstand leisten können. In diesem Moment wünschte ich, daß mein Kumpel nicht im Gefängnis säße. Keine Ahnung, warum mir dieser Gedanke in den Sinn gekommen war. Dann stellte ich mir das ganze Bild vor und begriff, daß ich es schaffen könnte, ihren Cousins mit seiner Hilfe zu widerstehen. Die Hauptsache war, eine richtige Strategie auszuarbeiten.

Als wir ihre Straße erreichten und uns verabschieden mußten, fühlte ich, daß wir ein solch leeres, schweigsames und freudloses Treffen noch nie gehabt hatten. Ich spürte, daß, wenn wir so auseinandergingen, das nächste Treffen noch schlimmer würde und das nächste – noch schlimmer. Keine Ahnung, woher mir die Idee kam, aber plötzlich sagte ich zu ihr, daß ich ein Glückspilz sei und sich aus diesem Grund alles regeln würde.

Sie lachte, und ich begriff, daß genau jetzt der Moment

war, an dem ich ihr meine Afghanistan-Geschichte erzählen mußte.

Sie wußte, daß ich in Afghanistan gewesen war, aber ich hatte noch niemandem erzählt, wie ich dem Tod entkam. Darüber wußte nur Islam Sultanow Bescheid. Ich glaube, ich redete etwa eine halbe Stunde. Vielleicht auch kürzer, es kam mir aber wie eine Ewigkeit vor. Sie schaute mich an, und sie wurde immer ernster.

Ich sagte, daß ich diese Geschichte noch niemandem erzählt hatte, und als ich wieder Luft holte und gekünstelt lachte, nach dem Motto: »Ich hab doch gesagt, ich bin ein Glückspilz«, da drückte sie meine Hand und war kurz vor dem Weinen.

»Du Armer, was du schon alles durchmachen mußtest...«

»Also, wie denkst du jetzt, werde ich etwa wegen der Absage deiner Familie einen Rückzieher machen?«

Ich lächelte sie an und verabschiedete mich. An der Haltestelle stieg ich in unseren Bus ein und fuhr nach Hause.

Ich hatte es zwar gesagt, stellte mir aber kaum vor, wie dieses »keinen Rückzieher machen« in Wirklichkeit aussehen sollte.

Wenn Tamriko gegen das Durchbrennen war, wäre ich gezwungen, sie mit Gewalt zu entführen, aber auch das hätte im nachhinein als Durchbrennen gegolten.

Im Bus malte ich mir die Szenen dieser Entführung aus.

Ich hatte nichts geplant, aber phantasieren konnte ich ja allemal. Nach der Geschichte mit meiner Schwester hatte ich über ein gemeinsames Abhauen gar nicht mehr nachgedacht. Davor zwar schon einige Male, aber nicht danach. Wie hätte es denn sonst ausgesehen?

»Seine fünfzehnjährige Schwester ist vor zwei Wochen

abgehauen und hat geheiratet, und ihm ist nichts anderes eingefallen, als es ihr nachzumachen.«

Dies wäre zu einem Spott- und Scherzthema geworden, und bei uns kann man so etwas nicht sein Leben lang dulden. Auf jeder Feier wird jemand einen Witz darüber reißen. Dieser Jemand wird nicht immer ein Freund von dir sein, und darauf wird bestimmt eine verbale Auseinandersetzung oder gar eine Schlägerei folgen.

In diese Lage hatte mich die Sache mit meiner Schwester versetzt.

Alles geschah zur gleichen Zeit. Mein Onkel witzelte wegen dieser Überlappung: »Ihr, von der Mutterseite, seid alle wahnsinnig.« Dabei schaute er meinen Bruder grimmig an: »Mach zumindest du mich nicht verrückt.«

Es passierte erst später, aber die in meinem Herzen als Vision erwachte Vorstellung von Tamrikos Entführung wurde durch Islam Sultanow so befeuert, daß ich mich auf einmal wie eine erbärmliche Ameise fühlte.

Es war ein erstaunlicher Abend. Islam Sultanow wirkte irgendwie aufgekratzt und sah einem alten Mann gar nicht ähnlich. Er war genau wie die alten Opas aus Filmen, die sich auf einen Krieg vorbereiten.

Es stellte sich plötzlich heraus, daß er alles über Tamrikos und meine Geschichte wußte, und nicht nur das. Er hatte sie schon mal gesehen. Das verblüffte mich. Er sei mir einige Male nach Kutaissi gefolgt und habe sich Tamriko genauer angeschaut.

»Ich fuhr mit dem Frühbus und wartete am Busbahnhof auf dich, dann folgte ich dir«, gestand er mir.

Warum er es machte, brauchte er mir nicht zu erklären. Er interessierte sich für mein Schicksal und betrachtete es aus einer ganz anderen Perspektive als die Mutter oder alle anderen aus meiner Umgebung. Ich wollte ihn fragen, von wem er die Briefe bekam, aber ich traute mich nicht. Er selbst redete über etwas völlig anderes. Er erklärte mir, daß ich genau jetzt heiraten sollte, denn später würde sich alles ändern und ich würde es bereuen. Da ich es so lange nicht schaffte, mich von diesem Mädchen zu trennen, würde ich mich mein ganzes Leben lang an sie erinnern und es bedauern, meinte er.

Was konnte er über die Liebe und die Ehe wissen? Eigentlich rein gar nichts. Aber er war in einem Alter, in dem man über solche Sachen wahrscheinlich nachdenken und urteilen kann.

»Du mußt sie entführen«, sagte er am Ende. »Du mußt deinen Freunden Bescheid sagen, und ihr werdet alles in die Wege leiten. Es ist ja keine richtige Entführung. Ihr setzt das Mädchen ins Auto, und das war es dann schon. Es wird nicht schwierig sein, zu viert ein zierliches Mädchen ins Auto zu setzen.«

Er sprach diese Worte so entschlossen aus, daß kein Widerspruch möglich war. Ich erzählte ihm alles. Er lachte über die Cousins von Tamriko genauso wie über die Sturheit ihrer Mutter. Aber als er die Geschichte meiner Schwester hörte, wurde er nachdenklich.

»Ja, es ist ein wenig lächerlich«, sagte er schließlich, »aber ich denke nicht, daß nach dieser Geschichte noch irgend jemandem nach Lachen zumute ist. Es geht um was anderes. Diese Überlappung werden alle vergessen, aber an das andere werden sie sich immer erinnern.«

»Woran?« fragte ich.

»Wie sehr ihr euch geliebt habt«, sagte er lächelnd zu mir.

»Wenn alles vorbereitet ist, sag deiner Mutter Bescheid«, fügte er hinzu und legte mir den Arm um die Schulter. »Es gibt Sachen, die einfach gemacht werden müssen«, schloß er und küßte mich, »die Kindheit ist ja zu Ende.«

21.

Im Nu wurde alles geplant.

Welcher Junge bei uns weiß nicht, wie er ein Mädchen entführen oder den Verliebten zur Flucht verhelfen kann? Es ist sehr einfach. Das Mädchen steigt immer in das Auto ein, wenn sie auch nur einen Bekannten von ihr darin erkennt. Sie setzt sich unweigerlich rein, wie von einer unsichtbaren Hand geleitet.

Islam Sultanow äußerte ganz unerwartet den Wunsch, sich mit meinen Freunden zu treffen, er wollte unbedingt mit ihnen sprechen. Dies wunderte und beunruhigte mich.

Meine Jungs kannten den Tataren zwar, aber es ist nicht schwer zu erraten, daß er für sie ein Niemand war. Sie verspotteten mich ohnehin, ob ich immer noch ins Kino ginge? Sie scherzten, man habe mich wohl in Afghanistan zu einem Tataren getauft.

Weil er es sich nicht ausreden ließ, sagte ich zwei Freunden, daß der Tatare sie sehen wollte. Sie waren erstaunt, aber ich erklärte, daß der Tatare mir in dieser Sache half und sich deshalb mit ihnen treffen wollte. Im nachhinein steigerte das Treffen sein Ansehen unter den Jungs aus unserem Viertel enorm, aber anfänglich gab es nichts außer Verwunderung. Als ich die Jungs in sein Zimmer brachte, schickte mich Islam Sultanow raus.

»Du bist der Bräutigam, du mußt dich ausruhen, wir, die Kämpfer, werden uns besprechen«, sagte er und schloß die Tür vor meiner Nase.

Ich ging nach Hause.

Die Jungs kamen nach einer langen Zeit zu mir rüber.

»Was für ein toller Kerl dieser Sultane doch ist! Nichts da mit Filmvorführer!« So redeten sie.

Seitdem nannten sie ihn nie wieder einen Tataren. Unserem Dialekt entsprechend, nannte man ihn ab sofort »Sultane«. Obwohl man ihn nicht direkt mit den »Dieben im Gesetz« gleichstellte, merkte ich mit der Zeit, daß er immer wieder irgendwelche Besucher empfing. Mit den Besuchern meine ich unsere Jungs. Sie gingen zu ihm, um sich von ihm beraten zu lassen, und das war auch richtig so, wenn man mich fragt.

Die Jungs kamen also zu mir rüber und sagten, alles sei geplant.

»Bevor wir mit dieser Sache beginnen, müssen wir ins Gefängnis gehen und unseren Freund besuchen, damit er sein Wort an die Cousins von Tamriko schickt, daß sein Kumpel ihre Cousine liebt, daß er ein anständiger Junge ist und daß er ihre Unterstützung braucht.«

Daran hatte ich auch früher gedacht, aber ich wunderte mich dennoch, denn Islam Sultanow verachtete die »Diebe im Gesetz« und ihren Codex. Ich begriff, daß dieser Schritt für unsere Pläne notwendig war. Und für mich schien er zu vielem bereit zu sein. Das alles begriff ich, als ich älter und vernünftiger wurde. Die zweite Merkwürdigkeit bestand darin, daß er den Plan der Jungs verworfen hatte, laut dem wir uns im Dorf, bei einem von Tamrikos Verwandten, verstecken sollten. Er meinte, das Einbeziehen von Verwandten sei keine gute Idee, die ganze Sache würde wie eine Flucht aussehen und sich zugleich mit der Flucht meiner Schwester überlappen. Deshalb schlug er vor, Tamriko erst in sein Zimmer zu bringen, und später, je nachdem, könnte ich von da nach Hause rübergehen.

»Falls ihr länger hier bleiben müßt, werde ich in den Vorführraum umziehen«, meinte er.

Er hatte den Jungs auch gesagt, daß Eile kein guter Verbündeter sei. Sie sollten lieber erst unseren Kumpel im Gefängnis besuchen und dessen Wort abwarten.

Zum einen machte ich mir wegen der ganzen Geschichte Sorgen, zum anderen wunderte ich mich, daß ich an Islam Sultanow täglich neue Eigenschaften und Fertigkeiten entdeckte.

22.

Am nächsten Tag fuhr ich nach Kutaissi, um Tamriko zu sprechen.

Es war ein furchtbarer Tag. Tamriko war sehr aufgeregt und sagte, daß ihre Familie ein Besichtigungstreffen mit einem Bräutigam und seiner Familie plante. Als ob sie mir damit zu verstehen geben wollte, daß ich, falls ich etwas plante, mich beeilen sollte, denn sonst wäre es zu spät und sie würde sich nicht widersetzen können.

Ihre Mutter schien in Eile zu sein, denn die Familie begriff unmißverständlich, daß ihre Absage für mich nicht viel ändern würde.

Diese Neuigkeit traf mich wie ein Schlag.

Ich war sehr aufgewühlt. Wenn die Besichtigung erfolgreich ablaufen würde, würde Tamrikos Familie dem Jungen die Erlaubnis erteilen, Tamriko zu besuchen, sie auszuführen, sie zu sich einzuladen, und wer weiß, was noch. Tamriko wäre nicht imstande sich zu widersetzen. Sie war nicht unbedingt ein Mädchen, das nach jemandes Pfeife tanzte, aber sie hätte es trotzdem nicht geschafft, ihre Familie zu besiegen. Der Sieg würde nur dadurch gelingen, daß sie mir folgte.

Ihre Mutter schien ziemlich durchtrieben zu sein: Nicht mal eine Woche hatte sie gebraucht, um die Sache anzuzetteln.

Währenddessen wehten im Land neue Fahnen. Alles änderte sich tagtäglich, und meine Mutter bat mich eines Tages, zwei Säcke Mehl und Mais zu kaufen. Ich hatte nach der Heirat meiner Schwester sowieso schon Schulden, aber ich schaffte es trotzdem, den Mais aus dem Dorf mitzubringen. Die Mutter wollte auch einige Schweine kaufen, schwere Zeiten schienen anzubrechen. Die Kommunisten wurden allmählich verdrängt. In unserer Stadt machte jeder, was er wollte. Ich hatte wirklich keine Zeit, über diese Dinge nachzudenken, ich hatte nur Tamriko im Kopf. Ich wußte, daß ich alles arrangieren mußte, bevor ich zu den Prüfungen nach Tbilissi fuhr. Ein Studium in Tbilissi würde wahrscheinlich mein einziger Pluspunkt in den Augen ihrer Familie sein. Zugleich mußte ich eine zusätzliche Arbeitsstelle finden. Wir bekamen im Museum kaum noch unseren Lohn, während das Geld an Kaufkraft verlor.

Aus Kutaissi kehrte ich am Boden zerstört zurück und ging direkt zu Islam Sultanow. Als ich ihm von der Neuigkeit berichtete, lachte er: »Mach dir deswegen keine Sorgen. Es ist sogar besser so, denn, wie es seit den alten Zeiten Regel ist, wird die Erfahrung und das Ansehen eines Mannes gesteigert, wenn er um eine Frau kämpft. Und du mußt ein Mann werden!« Dann fügte er noch hinzu: »Zumindest war es bei euch so, wie es woanders ist, soll nicht deine Sorge sein.«

So oder so, wir konnten die Sache nicht mehr verschieben. Unser Freund benachrichtigte uns aus dem Gefängnis, daß er sein Wort bereits an die Cousins von Tamriko gerichtet hatte, und Islam Sultanow sagte zu mir: »Geht jetzt, und bringt das Mädchen her.«

Ich sagte zu meiner Mutter, daß ich vorhatte, morgen zu heiraten, und sie erstarrte. Sie hielt ein Küchentuch in den Händen und blieb wie angewurzelt stehen. Auch der Teller blieb so, halbgetrocknet. Ihr entwich ein merkwürdiges Stöhnen, und lange Zeit schaffte sie es nicht, auch nur ein Wort herauszubringen. Ich setzte sie mit Mühe hin und brachte ihr Wasser. Ich mußte es ihr einfach vorher sagen, damit sie vorbereitet war.

Etwa eine halbe Stunde lang blieb sie so sitzen, dann stieg sie ins obere Geschoß und begann dort aufzuräumen. Sie bereitete die Zimmer für uns vor. Als sie hinunterkam, war sie bereits in Fahrt: »Wir haben kein Geld für die Hochzeit, wir haben rein gar nichts. Sie halten dich sowieso schon für einen Bettler und einen Kranken.«

Kurzum, sie machte ein richtiges Theater, schlug sich mit den Händen auf die Knie.

»Erst hat sie mich in Schande gebracht, jetzt benimmst du dich ebenso kindisch.« Sie redete über meine Schwester.

Ich sagte nichts mehr, ich war zu aufgeregt. Ich kann mich an jede Minute dieses Abends und dieser Nacht erinnern.

23.

Wir entführten Tamriko ganz einfach. In Kutaissi, direkt von der Straße.

Die Sache wurde dadurch erschwert, daß ich sie noch nie mit einem Auto abgeholt hatte. Dieser Umstand wäre in dem Fall von Bedeutung, wenn ich Tamriko unter einem falschen Vorwand, mittels einer Lüge zum Auto lokken müßte, aber ich war nicht imstande, ihr irgendwelche Lügen aufzutischen. Ich hatte jegliche Geschicklichkeit, die für unseren Landstrich charakteristisch ist, in diesen Minuten verloren. Man erzählte mir später, ich sei grün im Gesicht gewesen. Das Auto hatten wir auf der anderen Seite des Parks abgestellt, in der Nähe des Lehramtsinstituts. Mich begleiteten zwei Freunde, einer blieb am Steuer sitzen, der andere folgte mir in einiger Entfernung zu Fuß.

Als Tamriko herauskam, war sie mit anderen Mädchen zusammen, und ich versuchte, in ihr Blickfeld zu geraten. Wahrscheinlich hatte ich einen irrsinnigen Gesichtsausdruck, denn sie kam sofort zu mir und fragte, was los sei, was für ein Unglück passiert sei?

Ich sagte ihr, sie solle mitkommen. Ich kann nicht genau sagen, was ich damit gemeint hatte, ob sie mich heiraten oder mir nur in diesem Moment folgen sollte. Keine Ahnung, was sie geantwortet hat, aber zumindest rührte sie sich nicht vom Fleck. Die Mädchen standen in einiger Entfernung und beobachteten sie. Sie hielten es für unser ganz gewöhnliches Treffen und warteten einige Zeit auf sie.

Ich kann mich nicht erinnern, ob und was sie geantwortet hat, aber ich wiederholte, daß sie mitkommen sollte.

Sie schaute zu den Mädchen rüber, winkte ihnen zu und hakte sich bei mir ein. Es war das erste Mal, daß wir so untergehakt gingen, allerdings in die völlig falsche Richtung. Das Auto stand auf der anderen Seite.

Wir gingen schweigend nebeneinander.

Weder sie sagte etwas noch ich. So gingen wir durch die Straße, und ich konnte nicht mal klar denken.

Meine Freunde waren echt erfahren in Sachen Entführung und Flucht. Als sie sahen, daß wir in die entgegengesetzte Richtung starteten, folgte uns der eine zu Fuß, während der andere langsam hinter uns herfuhr.

Ich nahm Tamrikos Hand.

Wir blieben stehen. Ich wußte immer noch nicht, was ich sagen sollte. In diesem Moment hielt das Auto ganz in der Nähe. Meine Freunde waren echt gescheit, sie kannten sich in dieser Angelegenheit perfekt aus. Derjenige, der am Steuer saß, stieg aus und sprach uns lächelnd an: »Steigt ein, wir fahren euch ...«

Tamriko lachte. Dieses Lachen war die Rettung.

In diesem Moment holte uns der Freund, der uns zu Fuß gefolgt war, ein und meinte: »Wir verspäten uns, Junge, steigt schon ein ...«

»Kommst du mit?« fragte ich Tamriko.

Tamriko antwortete nicht, ließ meine Hand los und schaute mir sehr lange in die Augen. Ich konnte ihrem Blick nicht standhalten.

Meine Freunde schauten zur Seite.

»Aber du darfst mich nicht zurückgeben«, sagte sie ganz leise, »egal, was passiert, du darfst mich nicht zurückgeben.«

»Nein«, antwortete ich, »ich werde eher sterben, als dich zurückzugeben. Egal, wer kommt und was er mit mir anstellt.«

Also stiegen wir ins Auto ein.

Ich war mir sicher, daß wir zum Zimmer von Islam Sultanow fuhren.

Ich dachte sogar, wie schwer es sein würde, bis zur Nacht durchzuhalten.

Die Jungs hatten mir vorher nichts verraten.

Wie sich herausstellte, war eine Trauung geplant. Islam Sultanow hatte mit einem alten Priester, Pater Gagi, vor einiger Zeit schon alles abgesprochen.

Ich habe völlig vergessen zu erwähnen, daß es regnete. Das Ganze geschah im strömenden Regen. Wir waren bereits durchnäßt, als wir die Straße entlanggingen.

Tamriko fragte, wer denn ihr Trauzeuge sein würde. Es war ihr zum Weinen zumute.

»Ich werde es sein«, sagte mein Kumpel, »später kannst du mich auswechseln, Liebste, in diesem Kriegszustand konnten wir deine Freundin nicht mitnehmen.«

Auch nach der Trauung fuhren wir nicht zu mir, sondern in ein Dorf, zur Tante meines Kumpels, wo ein bescheiden gedeckter Tisch auf uns wartete.

24.

Bis Tamrikos Eltern sich mit uns versöhnten, vergingen zwei Jahre. Als Datuna geboren wurde und wir ihn nach Hause brachten, hielt am Abend ein Auto vor unserem Haus. Es waren bereits schlechte Zeiten, alles verdunkelt. Wir behalfen uns mit Kerzen und Öllampen. Auch ein Auto war eine solche Seltenheit auf unserer Straße, daß man das Motorgeräusch bereits von weiter Ferne hörte, vor allem bei der Dunkelheit. Als ich die Scheinwerfer sah, hatte ich eine Vorahnung, daß der Wagen zu uns fuhr. Es war Datunas erster Tag in unserem Zuhause, er lag neben dem Kamin in einer alten Wiege. Die neue Unsicherheit und das Gefühl der Unwissenheit waren so stark, daß sie fast dem Glück ähnelten. Es war Anfang Winter.

Als das Auto einbog und das Licht seiner Scheinwerfer in

unsere Fenster fiel, sagte meine Mutter: »Meine Güte! Was ist denn da los? Kommen die etwa zu uns?«

Mein Bruder saß zu dieser Zeit bereits im Gefängnis, während mein Schwager auf der Flucht war. Um ehrlich zu sein, hatte ich keine Ahnung, wo er steckte.

Man rief von draußen nach dem Hausherrn, und meine Mutter erbleichte. Ihre einzige Angst war, daß mein Bruder ganz dringend Geld brauchen könnte. Man spielte ja im Gefängnis irgendwelche Glücksspiele.

»Nur hereinspaziert!« sagte ich, hörte, wie jemand mich rauszukommen bat, und nahm die Taschenlampe.

Ich ging hinaus und erkannte den Ankömmling nicht. Woher denn auch? Ich hatte ihn noch nie gesehen.

Als Tamrikos Großmutter verstarb, ließ sie ihrer Familie die Bitte ausrichten, die Oma beweinen zu dürfen. Ihre Mutter stellte sich dagegen: »Sie kann ab jetzt die Verwandten ihres Mannes beweinen. Wenn sie ihre Oma geliebt hätte, wäre sie hiergeblieben.«

Später brachte ich sie heimlich zu Omas Grab.

»Ich glaube, ich bin hier richtig«, sagte der Mann, »ich war im Geburtshaus, und man gab mir diese Adresse.«

Damit reichte er mir irgendeine Tüte aus dem Auto.

Ich verstand zwar alles, aber bevor ich etwas sagen konnte, fuhr er fort: »Ich bin der Großvater eures Kindes. Ihr könnt mich auf der Stelle erschießen, aber ich muß meinen Enkel sehen.«

Dann umarmte und küßte er mich. Er war beschwipst. Man kann die Kutaisser an Eloquenz nicht übertreffen. Er war mitten in der Nacht und in so unruhigen Zeiten mit seinem Wagen zu uns gefahren. Man raubte bereits auf der Straße Menschen aus.

»Tamriko!« rief ich.

Es ist eigentlich nicht interessant, was danach folgte.

Wir wollten ihn über Nacht bei uns behalten, es war richtig gefährlich, so spät Auto zu fahren, aber er ließ sich nicht von seinem Vorhaben abbringen.

»Ich werde die Räuber umarmen und meinen Weg fortsetzen«, sagte er.

Er überhäufte Tamriko mit Küssen, so daß meine Mutter vor Rührung zu weinen anfing. Später fanden wir einen Fünfzigdollarschein in der Wiege versteckt.

Er kam öfters zu uns. Einmal in zehn Tagen oder zumindest alle zwei Wochen. Dann begann er Tamrikos jüngere Schwester mitzubringen. Zu dieser Zeit transportierte ich Zigaretten und Schokolade von einem kleinen Kiosk aus Kutaissi. Es war keine schwere Arbeit, aber man konnte unterwegs ausgeraubt werden.

So sind Väter eben.

Aber lange zuvor saßen wir bis Mitternacht wie erstarrt in Islam Sultanows kleinem Zimmer, auf seinem alten Bett. Wir saßen da und warteten. Islam Sultanow ließ sich nicht blicken. Er war oben, im Zimmer, von wo er die Filme projizierte.

Und überhaupt, Tamriko hatte Islam Sultanow noch nie gesehen. Oder vielleicht nur ein einziges Mal.

Ich bemerkte, daß sein altes Bett mit nagelneuem Bettzeug bezogen war. Der Gedanke daran läßt mein Herz bis heute weich werden. Bis Mitternacht saßen wir so da und warteten ab, was passieren würde. Dann kamen die Jungs vorbei. Sie hatten meine Mutter beruhigt, aber was noch wichtiger war, sie hatten mit Hilfe von Tamrikos Freundinnen etwas über ihre Familie in Erfahrung gebracht.

Ihre Mutter war natürlich außer sich, sie beschimpfte mich als einen Behinderten, sie wehklagte, daß ihre Tochter einen Behinderten geheiratet hatte.

»Ich habe eine Studentin nicht dazu großgezogen, damit sie im Schlamm herumwühlt«, schluchzte sie, so wie üblich.

Auch ihre Verwandten waren anwesend. Als die Rufe laut wurden, Tamriko zu suchen und zurückzubringen, und als sogar der Vater seine Genehmigung zu der Suchaktion erteilte, sagten plötzlich die vorher als die größte Bedrohung gefürchteten Cousins: »Ihr wußtet doch, daß sie sich lieben. Jetzt hat es keinen Sinn, daß wir mit so vielen dahin stürmen. Wir werden die beiden allein aufsuchen. Wir haben von diesem Jungen schon einiges gehört.«

Obwohl die Mutter immer noch darauf bestand, daß man sich sofort auf den Weg machte und ihre Tochter zurückbrachte, passierte in Wirklichkeit nichts. Sie wiederholte trotzdem, daß sie Tamriko in jedem Zustand zurücknehmen würde.

»Ich lasse sie nicht als eine billige Arbeitskraft dort«, sagte sie, worauf ihr Mann wütend schrie, daß das nicht mehr sie zu entscheiden hätte. Natürlich nimmt eine Mutter ihre entjungferte Tochter zurück, aber macht dasselbe auch der Vater? Wenn sie gewußt hätten, daß wir in jener Nacht auf der Bettkante saßen und über völlig andere Dinge nachgrübelten, wären sie ganz sicher mit großem Aufwand herbeigestürmt, um sie mir wegzunehmen.

Gegen Mitternacht meinten die Jungs, Sultane habe gesagt, daß wir wegen meiner Mutter zu mir nach Hause gehen sollten. Die Mutter begegnete uns sehr beherrscht, obwohl sie aufgewühlt zu sein schien. Mehr wurde von ihr auch nicht verlangt. Sie versuchte etwas zu essen für uns zuzubereiten, aber was sollten wir denn essen? Wir gingen nach oben. Die ganze Nacht verbrachten wir abwechselnd am Fenster stehend und auf die Straße schauend.

Wir wußten doch nicht, was vorgefallen war. Wenn sie jetzt gefunden worden wäre, hätte man sie ohnehin nicht mehr mitnehmen können.

Tamrikos Verwandte wurden letztlich doch gezwungen, uns zu suchen. Sie hatten keine Ahnung, wo wir uns versteckten, aber das Haus konnten sie leicht finden. Auch diese Aktion war eine Idee von Tamrikos Mutter. Sie wollte vermeiden, daß jemand sagte: »Man hat ihre Tochter entführt, und sie haben nichts unternommen.«

Für ihre Schande reichte ihr bereits der Umstand, daß ihre Tochter aus Kutaissi in ein erbärmliches Städtchen »degradiert« wurde.

Ich wußte nicht, daß die Jungs in jener regnerischen Nacht bis zum Morgen auf der langen Bank in der Einfahrt unserer Straße gesessen und dort auf die Verfolger gewartet hatten, damit man sie nicht zu unserem Haus durchließ. So sieht Freundschaft bei uns aus. Diese Anweisung hatten sie von Islam Sultanow, und er verbrachte die ganze Nacht mit ihnen.

»Er hat sich kein einziges Mal hingesetzt«, erzählten sie später, »er redete auch nicht, sondern ging langsam und schweigend hin und her, in seine alte Jacke gehüllt.«

Das Auto suchte die Einfahrt und natürlich hielt es genau dort an, wo man es erwartete.

Welches Gespräch danach folgte, konnten die Jungs nicht so richtig wiedergeben, doch sie sagten, daß von unserer Seite nur Islam Sultanow redete.

Dieser Anblick, wie ein Mann von mittlerer Größe mit weißem Bart im Scheinwerferlicht mit Tamrikos Cousins sprach, die für alle Fälle mit Waffen gerüstet waren, sei einmalig gewesen, trotz Regen und Kälte, sagten sie.

Die Verfolger umarmten ihn und sagten: »Großvater, ein langes Leben dir!«

Ich glaube, zu Islam Sultanow hatte in seinem ganzen Leben noch niemals jemand »Großvater« gesagt.

Und ich heiratete.

25.

Es kam so, daß ich es eine lange Zeit nicht schaffte, Islam Sultanow zu besuchen, und auch er ließ sich nicht bei uns blicken. Tamrikos Eltern wollten nichts mehr mit uns zu tun haben, was einerseits gar nicht so schlecht war, denn wir wurden in Ruhe gelassen. Aber man weiß doch, wie es bei uns mit den Frischvermählten aussieht? Täglich kommt jemand vorbei.

Der Tisch wird gleich am Morgen gedeckt, und das Feiern dauert bis spät in die Nacht. Vielleicht magst du es gar nicht, den ganzen Tag mit Freunden und Verwandten zu verbringen anstatt mit deiner Frau, während du den Trinksprüchen zuhörst und nickst. In Wirklichkeit kannst du es kaum erwarten, daß die Nacht kommt und die Gäste endlich begreifen, nach Hause zu müssen.

Tamriko und ich warteten so auf die Nacht, denn außer der Liebe hatten wir auch das Bedürfnis, miteinander zu reden. Daß wir wegen der turbulenten Zeiten unsere Hochzeit nicht feiern wollten, hatten wir von Anfang an beschlossen. Natürlich hatte ich auch kein Geld. Außerdem hätte es wie eine Provokation ausgesehen, da Tamrikos Eltern uns nicht anerkannten. Ich wollte aber nicht diesen

Eindruck hinterlassen. Ihre Mutter hätte zwar behauptet, daß wir nicht feierten, weil ich arm war, aber das würde ich einfach ignorieren.

Ich mußte es irgendwie schaffen, ein altes Auto zu kaufen und als Taxifahrer zu arbeiten. Es gab keinen anderen Ausweg. Es hatte nicht mal Sinn, im Museum vorbeizuschauen. Dort war ich seit dem »Urlaub« meiner Vorgesetzten auch nicht mehr gewesen.

Außerdem wußten sie, daß ich geheiratet hatte, also konnten sie sich nicht beschweren.

Aus diesen Tagen blieb mir im Gedächtnis, mit welch unvorstellbarer Vorsicht wir miteinander umgingen. Meine Mutter verhielt sich beneidenswert ruhig. Tamriko verlangte nach ihren Sachen aus ihrem Elternhaus, die ihr schließlich mittels ihrer Freundinnen und mit Hilfe meiner Freunde ausgehändigt wurden. Meine Kumpels brachten diese Mädchen zu uns nach Hause, und das gab uns einen zusätzlichen Anlaß zum Feiern. Tamriko freute sich.

Nach zwei Wochen meinte Tamriko, daß sie ins Institut gehen wollte, und ich begleitete sie nach Kutaissi. Sie dachte kurz nach, und dann entschloß sie sich, zu einem Fernstudium zu wechseln. Das war nicht so schwierig. Es gab die Möglichkeit zum Fernstudium. Diese Neuigkeit hätte ihre Mutter in Rage versetzt, aber Tamriko dachte nicht mehr über ihre Eltern nach.

Für Außenstehende sah es folgendermaßen aus: Ich hatte sie nicht entführt oder dergleichen, sondern ihre Eltern wollten mich nicht als Schwiegersohn haben. Solche Geschichten waren nichts Neues und auch keine Seltenheit bei uns.

Auf dem Rückweg aus Kutaissi, als wir auf dem Hauptplatz unserer Stadt ausstiegen, fanden wir dort einen Tumult vor, der wegen einer politischen Auseinandersetzung ausgebrochen war. Das geschah zu der Zeit, als die Kommunisten das Land verließen und zwei nationale Fronten einander bekämpften.

Die Polizei schaute tatenlos zu. Jemand schoß in die Luft.

Wir verließen schnellen Schrittes den Ort, wir hatten andere Sorgen.

Als wir unsere Straße erreichten, dachte ich mir, daß ich Tamriko mit Islam Sultanow bekanntmachen sollte, und sagte zu ihr: »Komm, laß uns ihn gleich besuchen.«

Sie war ein wenig verlegen, aber ich brachte sie trotzdem in den Klub, ließ sie allerdings an der Tür stehen und betrat das Zimmer von Islam Sultanow allein. Ich erklärte ihm, daß ich Tamriko mitgebracht hatte, um sie ihm vorzustellen.

Er lachte und stand mit Mühe auf.

Er setzte seine schwarze Mütze auf und meinte: »Ich glaube, ich bin wirklich alt geworden. Ich spüre die Wärme nicht mehr.«

Er folgte mir und zupfte unterwegs seine alte Weste zurecht.

Er grüßte sie sehr bescheiden, ohne sie zu umarmen oder so. Er trat sogar einen Schritt zurück. Tamriko bedankte sich bei ihm für alles, was er für uns getan hatte.

Er antwortete: »Ich habe nichts Besonderes gemacht, meine Lieben. Ich verlasse mich auf dich, Tamriko.«

Später sagte Tamriko zu mir: »Islam Sultanow liebt dich sehr. Man konnte es ihm deutlich anmerken.«

Frauen haben einen anderen Blick. Auch dies verstand ich viel später. Damals wußte ich es noch nicht.

Bald machte Tamriko es zu einer Gewohnheit, mich mit einer Schüssel frisch zubereiteten Essens zu Islam Sultanow zu schicken. Dies taten wir hinter Mutters Rücken, und auch nur dann, wenn Tamriko kochte. Andernfalls wäre meine Mutter sicher nicht erfreut gewesen und hätte sich auch gewundert, wieso dem Tataren so viel Ehre zuteil wurde.

Islam Sultanow erschien unser Handeln am Anfang befremdlich, aber nach und nach weigerte er sich nicht mehr. Mit der Zeit schaffte es Tamriko sogar, ihm selbst das Essen zu bringen und einen kleinen Korb an seiner Tür abzustellen. Islam Sultanow schien von ihrem Handeln sehr angetan zu sein.

»Sie ist eine richtige Frau«, pflegte er zu sagen.

Die hundert Schritte, die zwischen unserem Haus und dem Klub lagen, gingen wir heimlich, wie Diebe.

Das ist lächerlich, nicht wahr?

So ist es eben bei uns.

26. So lebten wir. Das Leben wurde schwieriger und schwieriger. Ein Auto konnte ich zwar nicht kaufen, dafür aber zwei Schweine. Unsere Stadt hatte sich immer durch Landwirtschaft ernährt. Der Staat hatte bereits eine eigene Regierung, und auch die Ablösung von Rußland wurde verkündet, aber Ruhe war trotzdem nicht in Sicht. Wie kann es auch schnell zu Ende gehen, wenn man eine lange verschlossene Tür aufmacht? Es ging erst richtig los.

Die Stadt wurde irgendwie armselig.

Unser großer Kummer war, daß Tamriko nicht schwanger wurde.

Wir vernahmen Gerüchte, wonach ihre Mutter gesagt haben sollte: »Was hat sie denn anderes erwartet, als sie einen Kranken heiratete?«

Bei uns ist es üblich, daß im Falle der Kinderlosigkeit nur die Frau zum Arzt geht. Man darf die georgischen Männer nicht mit einem solchen Vorwurf konfrontieren. Sie sagen von vornherein, sie hätten kein gesundheitliches Problem, und wenn die Ärzte meinen, mit der Frau sei alles in Ordnung, dann überlassen die Familien ihr Schicksal Gott, denn es ist wahrhaft unvorstellbar, daß ein Mann sich so erniedrigt, wegen dieses Problems zum Arzt zu gehen. Auch wenn er im Grunde genommen nichts dagegen hätte, gäbe es nur einen einzigen Ausweg: es heimlich zu tun. Wenn Frauen über solche Themen tratschen und die weibliche Position einnehmen, sagen sie öfters mit einer gewissen Befriedigung in der Stimme: »Der Arzt hat geraten, ich soll meinen Mann zu ihm bringen.« Diese Worte hatte ich seit meiner Kindheit einige Male gehört.

Ich hatte diesbezüglich überhaupt keine innere Arroganz, aber zum Arzt ging trotzdem nur Tamriko. Die Klinik war in Kutaissi, und wie es zu erwarten war, erklärte man ihr, bei ihr sei alles in Ordnung. Wir verrieten es niemandem. Tamriko sagte nie zu mir, ich solle einen Arzt aufsuchen, aber ich beschloß, dies während der Semesterferien zu tun.

So machte ich es auch. Der Bürgerkrieg in Tbilissi war gerade zu Ende. Die zerstörte, in Rauch gehüllte Stadt war mit Schlangen vor Bäckereien und tausend anderen Nöten überlastet. Ich suchte den Arzt dennoch auf. Das Zimmer, wo ich in Tbilissi immer abstieg, war in einen Lagerraum umgewandelt worden. Es gehörte einem alten Bekannten.

Ich schlief trotzdem dort, zwischen all den Kisten. Überall wimmelte es von Bewaffneten. Gegen Abend begann man zu schießen. Jeder machte, was er wollte. Die alte Regierung war gestürzt worden. Es gab nur Schießereien und Elend, nichts weiter.

In den großen Städten fällt so etwas mehr ins Auge. Wenn ich jetzt darüber nachdenke, muß man sich in den kleinen und großen Städten unterschiedlich verhalten. Während man in einer Kleinstadt alle anlächeln und ansprechen sollte, sollte man in einer Großstadt möglichst unbemerkt bleiben und mit gesenktem Kopf durch die Straßen laufen. Ich mochte Tbilissi schon immer, aber ich kam zu einer schlechten Zeit dort an. Gleich nach dem Bürgerkrieg. Es waren gerade mal zehn Tage seit dessen Ende vergangen, und ich glaube auch nicht, daß ein Krieg dann endet, wenn sein Ende verkündet wird. Er wird noch sehr lange weitergeführt.

Überall standen Männer mit Maschinengewehren herum. Je nach Lust und Laune stoppte man unseren Bus, stieg ein und begutachtete uns, wahrscheinlich, um uns auszurauben. Im allgemeinen lief alles verkehrt, man mußte anders leben. In diesem Wirrwarr verschrieb mir der Arzt eine Diät.

»Mach dir keine Sorgen, es wird klappen«, sagte er.

Ohne eine Pause einzulegen, erledigte ich auch die Angelegenheiten der Universität und kehrte bald zurück. Ich blieb lediglich fünf Tage in Tbilissi.

Die Rückfahrt nahm einen ganzen Tag in Anspruch. Einige meinten, wir hätten besser den Zug nehmen sollen. Letztlich erreichten wir unser Ziel, und ich gelobte mir, nie mehr nach Tbilissi zu fahren. Nicht nur das, ich wollte nicht mal mehr nach Kutaissi. Es lag zwar in der Nähe, aber trotzdem.

Als ich bei uns am Hauptplatz ausstieg, hörte ich jemanden nach mir rufen: »Du! Genau dich haben wir gesucht.«

Er zeigte auf irgendwelche Herren und sagte: »Wir glauben, sie suchen den Tataren. Wir haben versucht, ihnen etwas zu erklären, konnten uns aber nicht verständigen. Du wohnst doch in der Ecke, und vielleicht kannst du es ihnen auf russisch viel besser erklären.«

Ich ließ mir meine Verwunderung nicht anmerken.

Es war dunkel, die Straßen wurden nicht mehr beleuchtet, und ich fragte jene drei Männer aus, zu wem genau sie wollten.

»Wir möchten zu Islam Sultanow«, sagten sie, »man hat uns den Weg erklärt, aber wir haben uns verlaufen und kamen wieder am Hauptplatz an.«

»Ich bringe euch zu Islam Sultanow, aber was wollt ihr von ihm?« fragte ich.

»Es ist geschäftlich. Wir sind von weither gekommen, um ihn zu sehen«, antworteten sie.

Aha, dachte ich, von denen bekam er also die Briefe. Die Umstände im Land haben sich geändert, und seine Verwandten haben ihn ausfindig gemacht. Ich führte sie zu ihm und machte mir unterwegs Sorgen, wo diese Gäste schlafen würden oder was sie essen sollten, und ich beschloß, mich irgendwie darum zu kümmern. Ich wußte nicht mal, ob das Hotel überhaupt noch in Betrieb war. Es lag am anderen Ende der Stadt. Eigentlich schickt man bei uns nie einen Gast in ein Hotel, wenn man nicht wirklich ein Bettler von der Straße ist. Ich überlegte, die Gäste bei uns schlafen zu lassen, aber ich vermutete zugleich, daß Islam Sultanow das nicht zulassen würde.

Als wir uns dem Klub näherten, sagte ich den Gästen, sie sollten auf mich warten, und bog zum Hintereingang ab. Sie hatten kein großes Gepäck dabei. Ich trat ein und klopfte an Islam Sultanows Tür.

Er lag im Dunkeln und schlief.

»Ein paar Leute suchen dich«, sagte ich.

»Bist du schon zurück?«

»Es sind drei Männer, ich glaube, deine Verwandten.«

Er stand auf, zog seine ärmellose Weste an und sagte: »Bring sie her. Wo hast du sie überhaupt aufgegabelt?«

Ich ging raus und rief den Gästen zu, daß sie hereinkommen sollten. Ich konnte sie nicht mal richtig betrachten, es war dunkel. Ich weiß nur, daß einer älter war. Die zwei anderen waren kräftig, mit breiten Schultern, aber nicht besonders groß. Ich führte sie herein, und als der Alte Islam Sultanow sah, warf er sich ihm zu Füßen, umarmte seine Beine und begann sie zu küssen und etwas auszurufen. Auch die beiden anderen knieten, und so blieben sie in der Dunkelheit. Ich schaffte es nicht mal, die Öllampe anzuzünden, ich tat das erst später. Zunächst stand ich nur da und schaute zu. Islam Sultanow klopfte sanft an die Schulter des Alten, half ihm aufzustehen und setzte ihn aufs Bett. Die anderen blieben auf den Knien.

»Mach die Öllampe an«, bat mich Islam Sultanow, und auch zu den Gästen sagte er etwas in einer für mich unverständlichen Sprache.

Sie richteten sich auf und setzten sich vor ihm auf den Boden.

Islam Sultanow sagte ihnen wieder etwas, und sie schauten zu mir. Dann standen alle drei auf, irgendwie total erfreut, der Alte umarmte mich, streichelte mit den Händen meine Schulter und den Rücken, als ob er mich abtasten wollte.

»Beruhige dich, das sind meine Verwandten«, meinte Islam Sultanow. »Wir haben uns noch nie gesehen.«

Das hatte ich selbst begriffen, aber ich wunderte mich dennoch über diese ungewöhnliche Begrüßung.

»Sie werden bestimmt Tee trinken wollen«, sagte Islam Sultanow.

In der Regel fiel es ihm schwer, jemanden um etwas zu bitten, er fand es unwürdig, aber ich begriff: Es wäre völlig ausgeschlossen, daß er vor den Gästen Tee zubereitete und am Ofen stand. Die Gäste nahmen mitgebrachte Geschenke aus der Tasche, gezuckerte Nüsse oder etwas Ähnliches, getrocknete Früchte und noch andere, mir unbekannte Sachen. Sie legten sie auf die von mir gereichten Teller und setzten sich wieder auf den Boden direkt vor Islam Sultanow. Das habe ich ganz vergessen, die Schuhe zogen sie vor dem Eintreten ins Zimmer aus und stellten sie vor der Tür ab.

Sie sprachen in kurzen Sätzen. Wahrscheinlich war es auch für Islam Sultanow schwierig, sich in seiner Muttersprache zu unterhalten. Er dachte erst kurz nach, und dann sagte er etwas. Oder vielleicht sprachen sie gar nicht in ihrer Muttersprache.

Er wandte sich zu mir und sagte: »Geh du nach Hause, du kannst ohnehin nichts verstehen, außerdem vermißt du bestimmt deine Familie.«

Ich begriff, daß ich hier nichts mehr zu tun hatte.

Ich verstand ihre Sprache nicht. Sie konnten zwar Russisch sprechen, aber ich wollte nicht das fünfte Rad am Wagen sein.

Ich ging. Ich zog es allemal vor, zu Hause zu sein, aber sehr verwundert war ich gleichwohl. Wie hatten es diese Leute geschafft, in Krieg und Elend aus so weiter Ferne zu uns zu reisen? Und wieso hatten sie sich überhaupt in diesen unruhigen Zeiten auf den Weg gemacht ...?

Ich fand Tamriko und meine Familienangehörigen wohlauf. Ich war erleichtert, aber ich schaffte es nicht, die Neuigkeiten aus Tbilissi richtig zu erzählen, denn ich mußte die ganze Zeit an diese drei Männer denken.

27.

Am nächsten Morgen sagte ich Tamriko, daß Islam Sultanow irgendwelche Gäste hatte und ich ihnen etwas zu essen bringen wollte.

»Das hättest du lieber gleich gestern sagen sollen, was soll ich zu dieser frühen Stunde hinkriegen?«

So sind unsere Frauen.

»Laß dir was einfallen, bis dahin gehe ich rüber und schaue nach, was ich tun kann«, antwortete ich.

Ich rannte ganz schnell unsere Straße hinunter und ging in den Klub.

Islam Sultanow war schon aufgestanden.

Er war in seinem Zimmer und räumte auf.

»Ich bringe gleich das Essen«, sagte ich zu ihm.

Ich dachte, die Gäste wären im Vorführraum. Obwohl auch dies mich wunderte: Wer läßt die Gäste im schlechteren Zimmer schlafen?

»Sie sind schon weg«, entgegnete er ruhig, »sie sind am frühen Morgen aufgebrochen. Ich begleitete sie, fand für sie ein Auto, und sie fuhren nach Tbilissi.«

Ich stand mit offenem Mund da.

Erst diese lange Reise und dann ein so kurzer Aufenthalt, das erschien mir merkwürdig.

Als er meine Verwunderung sah, sagte er:

»Das macht nichts. Sie haben schon so viel durchgemacht, daß im Vergleich dazu die Fahrt nach Tbilissi nichts bedeutet. Von da fahren sie mit dem Zug nach Baku, dort haben sie eigene Leute, und die besorgen ihnen Flugtikkets.«

Er verstand, daß diese Antwort nicht aussagekräftig für mich war.

»Jetzt mußt du zwei Sachen tun: eine Fremdsprache lernen und ein altes Auto kaufen. Als ich sie zum Bahnhof begleitete, sah ich, daß dort alles mit Autos vollgestopft ist. Alle fahren Taxi. Es wird in diesem Land kein anderes Einkommen mehr geben. Es ist keine leichte Beschäftigung in dieser schweren Zeit, aber du mußt dich daran gewöhnen.«

Dieses Sprachenlernen erwähnte er schon zum zweiten Mal wie auch den Autokauf.

Englischlernen war ausgeschlossen. Zum einen konnten unsere Lehrer kaum Englisch und zum anderen: Wie könnte ein verheirateter Mann zum Englischunterricht gehen? Wenn ich es während dieses Elends und dieser Unruhen trotzdem gemacht hätte, hätte man mich bestimmt ausgelacht. Außerdem, wozu konnte man Englisch gebrauchen? Oder womit sollte ich ein Auto kaufen? Meine Mutter gab den Nachbarn Milch und Käse zum Verkauf auf dem Basar von Kutaissi mit, und das war unser einziges Einkommen. Ich verstand damals nicht, warum er mich so eindringlich darum bat. Besser gesagt, ich konnte es mir nur sehr vage vorstellen.

An diesem Abend bekam ich einige Gäste.

Mein Kumpel wurde aus dem Gefängnis entlassen.

»Wer bleibt denn heutzutage im Gefängnis?« scherzte er.

Ihn begleiteten drei Kameraden, Banditen aus Kutaissi. Ob sie tatsächlich Banditen waren, konnte man nicht mehr wirklich feststellen. Einer trug eine Armeeuniform und war mit einem Maschinengewehr bewaffnet. Auch andere hatten Revolver in ihren Gürteln stecken.

Mein Kumpel schien keine Waffe zu tragen.

Als wir beschwipst wurden, fragte ich: »Junge, du bist jetzt doch ein Dieb im Gesetz?«

Sie lachten sich tot. Ich fragte es aber in vollem Ernst, weil ich nach ihren Gesprächen nicht mehr nachvollziehen konnte, welchen Geschäften er nachging. Sie sprachen sowohl über Politik als über irgendwelches Hab und Gut. Sie schmiedeten verschiedene Pläne. Natürlich sollten sie das nicht in meinem Beisein machen, aber sie waren betrunken, und außerdem betrachteten sie mich, dank meines Kumpels, als den vertrauenswürdigsten Menschen auf der ganzen Welt.

Mein Freund fragte, was ich so machte.

Ich antwortete: »Das, was jeder Bauer während des Krieges und der Not macht, ich schicke Milch und Käse nach Kutaissi zum Verkauf und hab mir außerdem ein Schwein zugelegt.«

»Kommt, wir wollen uns was einfallen lassen, Brüder, etwas, das seiner Ehrlichkeit entspricht und womit er seine Familie ernähren kann«, sagte mein Kumpel.

Eine Gwardia-Mitgliedschaft kam von Anfang an nicht in Frage. Soviel verstand er schon, daß ich nicht in die Gwardia unserer Stadt eintreten würde. Schon wegen der

Maschinengewehre. Ich habe die Gwardia nie gemocht. Es waren auch viele anständige Jungs dabei, aber Anständigkeit war nicht das Charakteristikum der Gwardia.

»Du kannst ihn nicht zwingen, eine Armeeuniform zu tragen. Er hat es schon einmal gemacht, und das reicht ihm«, sagte er.

Sie berieten sich und entschieden, eine Tankstelle für mich zu finden.

»Es ist ein gutes Geschäft. Der Inhaber bekommt sein Geld, der Aufseher auch, und du wirst auch gut zu leben haben.«

Ich äußerte mich zu dieser Tankstellen-Geschichte nicht. Benzin war Mangelware geworden, und es wurde auf der Straße in Kanistern verkauft. Es gab deswegen viele Auseinandersetzungen und Rangeleien. Wo gab es noch Tankstellen?

»Also, lassen wir uns was einfallen, Brüder, er ist verheiratet, wird bald ein Kind bekommen, und er ist einer von uns. Während ihr hier herumsitzt, hat er in Afghanistan gekämpft.«

Es war schon lange her, seit ich zuletzt an meinen Afghanistanaufenthalt erinnert wurde.

Plötzlich sagte ich, ich müßte ein altes Auto kaufen und mein Brot als Taxifahrer verdienen. Auch mein Vater sei diesem Geschäft nachgegangen.

Er wurde nachdenklich.

»Auch diese Idee ist nicht schlecht, aber du brauchst zumindest eine Waffe. Es sind turbulente Zeiten, und wir können nicht überall anwesend sein. Obwohl es dir sicher helfen wird, im Notfall unsere Namen zu nennen.«

So eine Situation herrschte in der Stadt.

Keine Regierung mehr oder so etwas. Der Kommandant war ein junger Typ aus dem Viertel jenseits des Flusses, ein ehemaliger Knacki. Die Kugeln flogen aus verschiedenen Richtungen. Wir waren schon an das Ballern der Maschinengewehre gewöhnt. Als der Kommandant nach meinem Bruder fragte, bekam ich ein ungutes Gefühl. Er war zu dieser Zeit bereits auf die schiefe Bahn geraten.

»Er war schon in der Kindheit ein cooler Typ«, sagte er, »da wir ja schon mal hier sind, laßt uns mit ihm reden.«

Mein Bruder war in einige krumme Geschäfte verwikkelt. Ich wiederholte mehrere Male ruhig, daß mein Bruder nichts vom Leben verstand. Aber er entgegnete, daß nach seiner Meinung eher ich nichts vom Leben verstand und noch weniger davon, was einen Mann ausmachte. Ich stellte diese nutzlose Diskussion ein. Als ich in seinem Alter war, entkam ich in Afghanistan knapp dem Tod. Was hätte ich sagen sollen? Sie hatten andere Erfahrungen.

Von meinem Kumpel erfuhr ich später, daß dieser Typ mit seinen Freunden auf Raubzüge ging.

Er klopfte mir sogar auf die Schulter: »Du mußt dich damit abfinden, Bruder, jeder von uns geht seinen eigenen Weg.«

Islam Sultanow interessierte sich für die Geschichten meines Bruders in keiner Weise. Jetzt weiß ich ganz genau, daß er sich nur für mich und meine eigene Familie interessierte, alles andere war ihm egal. Es könnte ein Jahr vergehen, ohne daß er sich auch nur ein einziges Mal nach meiner Schwester und meinem Bruder erkundigte.

Die Mutter war schlecht gelaunt. Sie war noch nicht alt, aber wen hätten eine solch turbulente Zeit und die sinnlose, überholt geglaubte Schufterei nicht gebrochen?

Genau zu dieser Zeit erinnerte man sich an mich.

Weil der Krieg mit Abchasien schon ausgebrochen und aus unserer Stadt schon viele als Freiwillige in den Krieg gezogen waren, darunter sowohl die Anständigen als auch die Räuber, versuchte auch die Regierung irgendwelche Schritte zu unternehmen. Es gab zwar die Freiwilligen, aber ich wurde trotzdem ins Kommissariat bestellt.

»Du hast in Afghanistan gekämpft«, sagte dort ein Major zu mir, »deine Erfahrung können wir gut gebrauchen. In Tbilissi wird aus ehemaligen Afghanistankämpfern ein Bataillon zusammengestellt, und es ist eine dich betreffende Anordnung angekommen.«

Ich konnte nicht gleich absagen: Wenn dein Land kämpft, kannst du sehr schwer direkt sagen, daß dieser Krieg sinnlos ist, daß man so keinen Krieg führt und daß es im Grunde genommen gar nicht dein Krieg ist.

»Ich komme mit, Bruder«, sagte ich, »aber ich habe Diabetes, bin auf Medikamente angewiesen und muß Diät halten. An Diabetes bin ich übrigens in Afghanistan erkrankt. Wenn ihr mich in meinem Zustand trotzdem nehmen wollt, bin ich bereit.«

Er schüttelte den Kopf: »Nein. Ich will dich doch nicht zum Sterben mitnehmen. Leb weiter, Bruder. Wir müssen auch diesen Krieg überleben. Diese Irren!«

So kam ich heil aus dieser Sache raus. Ich zog nicht in den Krieg. Von den unsrigen gingen das Bataillon der Gwardia und unsere Freiwilligen. Unter ihnen war auch mein Bruder.

Die Tränen meiner Mutter waren bereits so endlos geflossen, daß sie nichts mehr ausrichten konnten. Im Haus, neben dem Kamin, stapelten sich die Maschinengewehre.

Tamriko und ich führten unser Leben fort. Es gab nichts mehr in der Stadt außer Beerdigungen mit anschließendem Leichenschmaus.

Ich traf mit dem Besitzer eines kleinen Kiosks die Absprache, daß ich ihm Ware aus Kutaissi bringen würde, also quälte ich mich mit dem Bus hin und her. Das war zwar sehr anstrengend, aber geschah nur einmal die Woche. Es war schwer, die große Tasche im Bus zu transportieren, aber trotzdem besser als rein gar nichts. Bald wurde es schier unmöglich, mit dem Bus zu fahren. Es gab keinen Bus mehr, man mußte zu Fuß gehen. Oder den Zug nehmen, aber der Zug fuhr nur einmal wöchentlich, und es konnte vorkommen, daß er an dem festgelegten Tag auch nicht fuhr. Vom Schleppen der Zigaretten und Süßigkeiten blieben mir nur einige Groschen. Den einzigen Lichtblick stellte die Nacht für mich dar, wenn Tamriko und ich uns in die Decke einhüllten und redeten. Wir schliefen sehr spät ein. Aus der Ferne konnte man Schüsse hören, aber etwas Besseres hatten wir im Leben nicht. Vielleicht gibt es im Leben auch nichts Besseres.

Einmal, als ich nach Hause zurückkehrte, sagte Tamriko, daß Islam Sultanow vorbeigeschaut und nachgefragt hatte, wann ich nach Hause komme. Das wunderte mich sehr. Es waren schon viele Jahre vergangen, ohne daß er ein einziges Mal zu uns gekommen war. Ich befürchtete ein Unglück und wollte sofort zu ihm.

»Er ist nicht mal hereingekommen«, erzählte Tamriko, »sondern hat vom Tor aus gerufen. Als ich nach draußen gegangen bin, war er schon weg.«

Genau bei diesem Besuch sah Tamriko ihn das zweite und damit auch das letzte Mal.

Ich traf ihn sehr gutgelaunt an.

Er sagte: »Du mußt ganz schnell ein Auto kaufen, du wirst es brauchen, genauso wie ich.«

Ich war perplex. Es war nicht seine Art, so etwas zu sagen. Das Wort »Ich« gebrauchte er fast nie.

»Was für ein Auto?« fragte ich. »Mit welchem Geld oder wie?«

»Ich habe das Geld«, antwortete er, »ich habe US-Dollar, also müssen wir gehen und einen Wagen kaufen. Egal ob in Kutaissi oder in Tbilissi.«

Ich lachte mit großer Mühe, aber er achtete nicht darauf und zog Geldscheine unter der Matratze hervor. Er schaute mich so direkt und streng an, daß ich nicht mal wagte zu sagen, aus der Sache würde nichts.

Immer, wenn ich bei Islam Sultanow war, begriff ich, wie schwach ich war und versuchte, stärker zu sein.

»Was kosten Autos?« fragte er mich.

Woher sollte ich wissen, was Autos kosteten?

»Natürlich könnte ich dir erzählen, daß ich das Auto für mich brauche und du mir einfach beim Kauf helfen sollst, aber das ist Blödsinn, denn ich kann weder Auto fahren, noch brauche ich eins.«

Ich erzählte Tamriko von der ganzen Sache. Das einzige, was ich mich fragte, war, woher er das Geld hatte. Er bekam im Kino nur ein paar Münzen, und das auch nur alle drei Monate. Mit diesem Geld konnte man vielleicht ein Brot kaufen, während das Bündel Scheine, das er mir gezeigt hatte, nach mindestens tausend Dollar aussah.

Am nächsten Tag ging ich zum Hauptplatz und erkundigte mich nach Autos. Auch meinen Kumpel aus dem Gefängnis, den »Dieb im Gesetz«, suchte ich auf.

»Du läßt also nicht locker«, sagte er. »Ich kenne mich mit Autopreisen nicht aus. Ich frage die Jungs oder besorge direkt einen Wagen für dich. Ich leihe ihn mir irgendwo aus, und du kannst damit herumfahren.«

Dann musterte er mich von Kopf bis Fuß und meinte: »Du wirst es nicht tun, nicht wahr? Geh doch gleich als Mönch ins Kloster. Siehst du nicht, wie die Welt sich verändert hat?«

Wir kauften in Kutaissi einen alten, gebrauchten Lada-Schiguli. Er hatte die Farbe eines hungrigen Katers, wie Tamriko sagte. Mich begleiteten zwei Männer meines Kumpels, beziehungsweise sie fuhren mich mit ihrem Wagen dorthin. Wir bezahlten dreihundert Dollar, ließen das Auto auf meinen Namen umschreiben, und alles war im Nu erledigt. Es war schon so lange her, seit ich ein Auto gefahren hatte, daß es mir schwerfiel, mich wieder daran zu gewöhnen. Ich transportierte nun nicht nur die Ware für den kleinen Kiosk, sondern beförderte auch Fahrgäste nach Kutaissi.

Ich versuchte mich irgendwie durchzuschlagen. Im Sommer war es noch in Ordnung. Hauptsache war, sich für den Winter vorzubereiten.

28.

Das Merkwürdigste an der ganzen Sache war, daß mich eines Tages Islam Sultanow bat, ihn nach Tbilissi zu fahren.

Wie hätte ich ablehnen können? Ich erinnerte mich auch daran, daß er gesagt hatte, das Auto würden sowohl ich als auch er brauchen.

»Es wird nicht viel zu tun sein. Wir werden rechtzeitig alles erledigen und zurückfahren. Hauptsache ist, genügend

Benzin aufzutreiben«, sagte er und nahm wieder das Geld heraus.

Ich konnte mich nicht länger zurückhalten und fragte ihn, woher er das Geld hatte.

»Das haben mir die Gäste gebracht, die mich damals besuchten«, antwortete er ruhig.

»Die haben ein besseres Leben«, sagte ich.

»Ich denke nicht, daß es dort besser ist als hier.«

Er begriff, daß die Fahrt nach Tbilissi eine Tortur für mich darstellte. Nicht, weil ich keine Lust dazu hatte, sondern weil in dieser Zeit niemand die Fahrt dorthin mit Freude angetreten hätte, vor allem nicht mit dem eigenen Wagen. Die Fernstraßen waren noch in Ordnung, man konnte höchstens von Uniformierten auf Beutejagd das Geld abgeknöpft kriegen. Aber in unserer Gegend waren Raubzüge an der Tagesordnung. Aus diesem Grund konnte ich meinen Gemütszustand nicht durch das Erstaunen über seine Bitte maskieren, und er begriff sofort alles.

»Im Leben muß man so vieles machen, was man eigentlich nicht machen will«, sagte er leise, »und mit der Zeit nimmt es sogar noch zu. Am Ende machst du nur mehr das, was du nicht willst.«

»Kein Problem! Natürlich fahren wir!«

Außerdem fragte ich ihn, seit wie vielen Jahren er schon nicht mehr in Tbilissi gewesen war.

»Seit 1958.« Bei solchen Sachen war er immer sehr genau.

»Wann fahren wir?«

Da bereits Frühling war, konnten wir es, falls wir früh genug losfuhren und rasch zurückkehrten, sogar bei Tageslicht schaffen und daher beruhigt fahren.

Wir hätten nur zwölf Stunden unterwegs sein müssen.

»Wenn du kannst, fahren wir gleich morgen früh«, meinte er.

Wir machten uns um fünf Uhr am Morgen auf den Weg, und um elf waren wir schon in Tbilissi.

Unterwegs stellte er mir unzählige Fragen. Nur ein einziges Mal hatte uns eine Straßenkontrolle gestoppt, und man hielt ihn für einen Priester.

»Langes Leben, Pater«, sagten sie zu ihm.

Ich wunderte mich, als er sich nichts anmerken ließ und mit »Gott segne Euch« antwortete. Seine alte schwarze Jacke war an allem Schuld. Mit dem schwarzen Mantel und schwarzen Hut sah er tatsächlich einem Priester ähnlich. Es war zwar sommerlich warm, aber dennoch zog er die Jacke nicht aus. Vielleicht, damit man ihn für einen Priester hielt?

Als wir die Straßenkontrolle passiert hatten, fragte er mich plötzlich, ob ich in die Kirche ginge.

In den letzten Jahren war es üblich geworden, zur Kirche zu gehen, was auch sehr viele taten, vor allem meine Generation.

»Tamriko geht manchmal.«

»Auch du solltest mal gehen und dir Gedanken machen. Lies etwas. Hast du das Neue Testament nicht?«

Ich war gut gelaunt, also sagte ich: »Du bist doch ein Tatare, wieso interessiert dich mein Glaube?«

»Das spielt keine Rolle«, antwortete er irgendwie überzeugt, »was wichtig ist, ist einzig der Gott.«

Diesen Satz hatte ich auch davor einige Male gehört. Nicht nur von ihm, auch von anderen. Es war ein bekannter Spruch, der zitiert wurde, wenn ein Andersgläubiger auf einer Feier anwesend war.

»Im Leben ist es so, daß Gott dich mehrmals aufsucht. Wenn du ihn ohne Antwort zurückschickst, bist du geliefert«, sagte er zu mir.

Ich hatte von zu Hause etwas Proviant für die Fahrt mitgenommen. Wir aßen am Straßenrand, als wir den Paß überquerten. Danach fuhren wir ohne Halt bis zum Ziel.

Als wir in Tbilissi ankamen, fragte ich, wohin ich nun fahren sollte.

»Kennst du das Viertel Sololaki? Die Friedrich-Engels-Straße?«

»Wir finden sie schon.«

Die Friedrich-Engels-Straße war die, in der er als Kind gewohnt hatte.

Wahrscheinlich war die Straße bereits umbenannt. Wer hätte dort »Friedrich Engels« noch stehen gelassen?

Also machten wir uns auf die Suche.

29.

Genau zu dem Zeitpunkt, als mein Schwager in eine Schießerei verwickelt und auf der Flucht war, wurde Tamriko schwanger. Und überhaupt, es waren Zeiten, in denen ein Unglück dem anderen folgte. Damals erfuhren wir auch Geschichten über meinen Bruder: Es stellte sich heraus, daß er, während meine Mutter vor Sorgen verrückt wurde, ihm könnte etwas im Krieg widerfahren, sich zusammen mit seinen Kumpels in Tbilissi befand und auf Raubzüge ging. Man verhaftete ihn. Damals waren es sehr wenige, die man verhaftete und zur Rechenschaft zog, aber man mußte ja zumindest diejenigen in den Knast stecken, die keinen Schutzpatron hatten. Denkst du, es ist eine Bagatelle, wenn jemand aus unserer Stadt nach Tbilissi zieht und dort stiehlt und raubt? Kennst du dich überhaupt mit der dortigen Ordnung aus? Sogar ein normaler und anständiger Mensch, der geschäftlich nach Tbilissi fährt, hat es dort nicht leicht. Und was erwartet einen Räuber? Also war ich gezwungen, ausreichend Proviant einzupacken und nach Tbilissi zu fahren. Es war merkwürdig, aber ich machte mir eigentlich weder wegen meines Bruders noch wegen meines Schwagers allzugroße Sorgen. Mein Schwager würde noch einen guten Namen behalten, denn es ging bei ihm nur um eine Schlägerei bei einer Hochzeitsfeier, wo man auf einmal mit Waffen herumzufuchteln begann. Mein Bruder war aber ein richtiger Gangster. Mein Kumpel, der »Dieb im Gesetz«, sandte wegen meines Bruders sein Wort in das Tbilisser Gefängnis, und auch ich machte mich auf den Weg dorthin. Ich stand den ganzen Tag in der Schlange vor dem Gefängnis, dann schickte ich das Essen zu ihm hinein, sowie einen Brief. Ich brachte direkt vor Ort in Erfahrung, daß, wenn ich ein wenig Geld hinblättern würde, man gleich am nächsten Tag unser Treffen arrangieren könnte.

Ich wußte nicht, bei wem ich in Tbilissi übernachten sollte. Ich hatte dort außer jenen entfernten Verwandten niemanden, und auch sie hatte ich seit Jahren nicht mehr gesehen. Das Zimmer, wo ich immer blieb, existierte wahrscheinlich gar nicht mehr. Die Nacht verbrachte ich im Auto, dann stellte ich es auf einem kostenpflichtigen Parkplatz ab, verständigte mich mit dem Wächter und rannte am Morgen zum Gefängnis. Es klappte, ich sah meinen Bruder, und es fiel mir sehr schwer. Er trug mir einige Sachen auf und verlangte auch nach Geld.

Er meinte noch, falls ich genug Geld bezahlte, käme er sogar frei. Woher sollte ich so viel Geld nehmen? Das Haus zu verkaufen hätte keinen Sinn gehabt, Immobilien waren fast wertlos. Die Summe hätte ohnehin nicht ausgereicht.

»Ich brauche einen guten Rechtsanwalt. Er kostet soundso viel«, sagte er.

Ich wußte nicht, was ich darauf antworten sollte. Ich konnte ihm doch nicht sagen, daß er darüber hätte nachdenken sollen, bevor er anfing, Leute auszurauben. Ich hörte ihm lange zu, und dann sagte ich zu ihm: »Ich werde dich einmal im Monat besuchen und Essen mitbringen. Auch Geld, soviel ich zusammenkratzen kann.«

Er lachte: »So darf man einen Gefangenen nicht behandeln. Bin ich dein Bruder oder etwa ein Fremder?«

Ich sagte nichts mehr, stand auf und ging.

Als ich auf dem Basar ankam, kaufte ich warme Kleidung für ihn und schickte auch die ins Gefängnis, zusammen mit dem Geld, das noch übrigblieb. Dann ging ich an der Universität vorbei und sagte, daß es schwierig für mich war, nach Tbilissi zu kommen.

»Mach dir keine Sorgen, für das Fernstudium gibt es keine Fristen«, bekam ich zu hören.

Ich steckte schon so lange im dritten Studienjahr fest.

Trotz dieser schlimmen Szenen spürte ich eine merkwürdige Freude in meinem Herzen und konnte über nichts anderes nachdenken. Nun mußte ich auf Tamriko achtgeben, mehr wollte ich auch nicht. Das Wehklagen meiner Mutter nahm kein Ende. Was sollten wir machen? So sah das Leben in jenen Tagen aus.

»Verkauf das Haus, vielleicht können wir ihn rausholen«, riet ich meiner Mutter.

Ich besuchte wieder meinen Kumpel.

»Wofür hält er die Rechtsanwälte? Man braucht einen

Rechtsanwalt nur dazu, damit er die Sache mit den Bestechungsgeldern einfädelt.«

Dann fügte er irgendwie nachdenklich hinzu: »Es ist nicht richtig, das Leben eines anständigen Mannes zu stehlen.«

Ich glaube, er meinte damit den Verkauf des Hauses. Er wollte mir damit zu verstehen geben, daß ich es nicht tun sollte.

Zu dieser Zeit brachen wieder Unruhen aus. Die Armeen der alten und neuen Regierung griffen einander an. Jenen Krieg hatten sie schon hinter sich gebracht, nun mußte man einander bekämpfen. Es war ein miserables Leben. Man kann es nicht mal richtig in Worte fassen. Meine Mutter sagte an einem Tag, daß wir das Haus verkaufen und meinen Bruder aus dem Knast rausholen sollten, am anderen Tag meinte sie wiederum: »Was soll ich verkaufen? Dein Vater baute dieses Haus sein ganzes Leben lang ... Und was sollen wir mit dem wenigen Geld anstellen?«

So sah unser Elend aus.

Was hätte ich denn machen sollen? Ich mußte durchhalten. Hauptsache war, daß es Tamriko gutging. Wie es aussah, war mein Anteil an diesem Leben allein Tamriko.

30.

Eines Tages ging ich in die Kirche und setzte mich hin. So sieht es bei normalen Menschen aus: Wenn sie in Not sind, dann denken sie ständig über Gott nach: »Er wird mir so und so helfen. Hoffentlich hilft er mir ...«

Um ehrlich zu sein, ging ich wegen Tamriko zur Kirche. Mal bat sie mich, eine Kerze aufzustellen, mal – ihr das

Weihbrot zu bringen. Ich lernte auch den Priester kennen. Es war ein junger Mann aus Kutaissi, aber nicht der, den man am Anfang zu uns geschickt hatte.

Auch die drei Ikonen aus unserem Museum hingen dort.

Ich saß in der Ecke, als ein Mann hereintrat.

Ich begriff sofort, daß es jener Ausländer war, der vor langer Zeit unser Museum besucht hatte. Der Eristawi-Emigrant.

Er war für eine Reise angezogen. Weder konnte ich seine Sprache noch er meine, aber er ging umher und schaute sich alles an. Der Priester war nicht da. In der Kirche war niemand außer mir. Er starrte die Ikonen an. Ich stand in der Nähe und nickte. Keine Ahnung, warum ich nickte, wahrscheinlich, um zu sagen, daß es genau die Ikonen waren, die er früher gesehen hatte.

Es erstaunte mich, daß er während dieses Krieges und Elends hergereist war, aber jetzt weiß ich, was ihn damals hergeführt hatte.

Wenn ich jetzt in unsere Gegend reise, ist das einzige, was mir dort gefällt, das Museum. Es ist nicht mal mehr ein Museum, sondern das Haus dieses Mannes. Er heißt Konstantin Eristawi und lebt in Paris. Ich weiß nicht, wie er es geschafft hat, sein Haus zurückzubekommen, aber daß er es geschafft hat, steht außer Frage. Man erzählte, er hätte es gekauft. Er hätte sämtliche Strippen gezogen und sogar mit dem Präsidenten gesprochen. Man sagte, er habe sein Ziel mittels irgendwelcher Machenschaften erreicht. Ich weiß zumindest, daß es keine Gerichtsverhandlung darüber gab.

Er kommt manchmal in unsere Stadt, und niemand wagt es, seinen Besitz anzutasten. Jetzt gibt es keinen Krieg mehr.

Das zweite, was mich wunderte, war, daß er nun gebrochen Georgisch sprechen konnte. Wahrscheinlich lernte er die Sprache nach seinem ersten Besuch.

Es war vermutlich einer der glücklichsten Abende in meinem Leben. Ich brachte ihn zu mir nach Hause, und wir tranken. Er sang viel auf Französisch. Sogar meine Mutter lachte und war fröhlich. Er küßte Tamrikos Hände und zeigte mit dem Glas auf ihren Bauch, dabei rief er aus: »Der Irre! Der georgische Irre sitzt dort!«

Dieser »Irre« war in seinem beschränkten Georgischen das lobendste und ehrendste Wort, das er für einen Georgier gebrauchen konnte.

In der Nacht gingen wir betrunken weg, und ich brach das Schloß des Museums auf. Ich hatte keine Schlüssel, und Tante Babutsa konnte ich nicht wecken, sie konnte nur mit Mühe gehen. Wir nahmen zwei Flaschen Wein mit und tranken sie dort aus. Er weinte und lachte, und auch ich weinte und lachte. In dieser Nacht begriff ich, welchen Wert etwas besitzt, das du verloren hast und vermißt. Die Leben der Menschen sehen einander sehr ähnlich, aber zugleich sind sie verschieden. Sie gleichen einander im wichtigsten Punkt: Es gibt kein Entrinnen.

Der Fremde blieb drei Tage lang bei uns. Er ging hin und her, erledigte irgendwelche Angelegenheiten in der stinkenden und auf Schießereien vorbereiteten Stadt.

Wißt ihr, wie es war? Vom Westen kamen die Kräfte der alten Regierung und nahmen alles kampflos ein, während vom Osten die amtierende Regierung in unsere Richtung zog. Früher oder später würde man auch uns erreichen, wir wußten aber nicht, wer es als Erster schaffen würde.

31.

Wir hielten an den ersten Häusern der Friedrich-Engels-Straße an. Islam Sultanow stieg aus, sah sich ein Tor genauer an, und dann fuhren wir weiter. Schließlich sagte er: »Ich glaube, wir sind da.«

Ich parkte das Auto am Tor.

»In Tbilissi ändert sich nichts«, sagte er leise, »alles ist genau so, wie es damals war.«

Wir gingen in den Hof, und ich blieb stehen. Ich wußte nicht, was wir hier machen sollten.

Währenddessen schritt er langsam auf und ab und betrachtete die Glasveranden. Sowohl im Erdgeschoß als auch in den oberen Geschossen.

»Schau, hier habe ich gewohnt.«

Er zeigte mit dem Finger auf eine Eisentür.

Es war zwar heiß, aber die Jacke zog er trotzdem nicht aus. Keine Ahnung, ob ihm kalt war.

»Aber die Tür sah nicht so aus. Auch das Fenster war kleiner. Es ist fast ein Keller.«

Eine Frau kam zu uns heraus und fragte, wen wir suchten.

»Ich suche Familie Dawitaschwili«, antwortete Islam Sultanow, »wohnt sie noch hier?«

»Ja. Ja. Sicher«, sagte die Frau eilig, »wen wollen Sie denn sprechen? Das obere Stockwerk gehört ganz ihnen.«

»Sie haben sich ausgebreitet«, flüsterte Islam Sultanow mir zu und schaute auf die Wendeltreppe.

»Ja. Ja. Der Eingang ist auf dieser Seite«, erklärte die Frau.

»Warte hier auf mich«, sagte Islam Sultanow schnell zu mir und stieg die Treppen hinauf.

Ich wartete lange, sehr lange. Keine Ahnung, wie lange. Mindestens eine Stunde war vergangen. Eine Zeitlang saß ich sogar im Auto. Dann kehrte ich wieder in den Hof zurück. Am Ende hörte ich ein Kichern vom Treppenaufgang. Islam Sultanow wurde von einer alten Frau begleitet.

Islam Sultanow sprach leise und lächelte.

»Der Teufel soll dich holen, Sultana!« Die alte Frau klopfte ihm auf die Schulter.

Am Treppenabsatz umarmten sie einander.

»Eigentlich ist es keine gute Zeit, um herzureisen«, sagte die Frau zu ihm, »du solltest besser ein anderes Mal kommen ...«

»Wir sind alt geworden, Natela ... Ich bin so lange unterwegs gewesen.«

»Ach, du Armer ... Ach, du Armer ...«

Sie umarmten sich erneut, die Frau blieb an der Treppe stehen, während Islam Sultanow mir zuzwinkerte und zu verstehen gab, daß wir fahren sollten.

»Ich hab dich doch gleich erkannt«, rief die Frau ihm nach.

»Genauso, wie ich dich«, lachte Islam Sultanow, und wir verließen den Hof.

Zuvor schon hatte ich bemerkt, daß er einen alten Koffer mittlerer Größe in der Hand hielt. Er stellte ihn zweimal auf den Boden, als er sich von der Frau verabschiedete. Wir haben zu Hause ähnliche Koffer, an den Ecken mit Eisen beschlagen. Er legte ihn in den Kofferraum und sagte: »Nun haben wir nur noch eine Sache zu erledigen. Danach können wir tanken und losfahren.«

»Was für eine Sache?«

»Wir müssen irgendwo Englischbücher kaufen.«

32. Ich glaube, im Leben hat nichts ein Ende. Du denkst, daß etwas beendet wurde, aber die Zeit vergeht, und du wirst eines Besseren belehrt. Ich glaube, sogar der Tod bringt kein richtiges Ende. Ein Mensch stirbt, aber das, was für ihn das Wichtigste war, stirbt vielleicht gar nicht mit ihm zusammen. Und überhaupt, ich denke, wir klammern uns umsonst ans Leben. Es ist unzulässig, das Leben über dieses Wichtigste zu stellen. Ich rede nicht vom Selbstopfer oder ähnlich großen Begriffen, sondern von dem, was für einen am wertvollsten ist. Denn wenn du stirbst, stirbt mit dir nicht auch das, was du liebst. Es lebt fort und sucht einen Menschen, für den es genauso wichtig sein wird, wie es für dich war.

Das sagte Islam Sultanow nicht zu mir. Wahrscheinlich fällt es mir deshalb schwer, meine Gedanken kurz und schlüssig zu vermitteln, wie er das konnte. Mir gelingt so etwas nicht.

Außerdem ist es immer schwierig, wenn du nicht in deiner Sprache schreibst. Die aus den Büchern erlernte Fremdsprache gleicht einem Hundertstel deiner Sprache, wenn du versuchst, deine Gedanken zu vermitteln.

Islam Sultanow sagte sehr lange kein Wort.

Wir fuhren weiter und weiter.

Ich begriff, daß wir in seinem alten Tbilisser Hof gewesen waren und daß dieser Koffer vor langer Zeit, noch vor dem Zweiten Weltkrieg, von seiner Mutter bei den treuen und vertrauenswürdigen Nachbarn zur Aufbewahrung zurückgelassen worden war. Natürlich rechnete seine Mutter damals jede Minute damit, verhaftet zu werden, aber das Erstaunlichste an der Sache blieb, daß die Nachbarn den Koffer so lange aufbewahrt hatten.

»Ja, das habe ich nicht erwartet«, sagte Islam Sultanow später.

»Als ich den Koffer sah, verstand ich, daß etwas ganz Großes auf der Welt existiert. Er lag so unschuldig auf dem Dachboden. Man hatte sogar eine Plastikplane um ihn gewickelt. Auch solche Menschen gibt es. Achte nicht nur darauf, was heute geschieht.«

Wir kehrten am Abend nach Hause zurück, waren müde und hungrig.

Aber Islam Sultanow ließ mich nicht zu meiner Familie gehen, sondern bat mich, mit zu ihm zu kommen. Ich begriff, daß wir den Koffer öffnen sollten.

Er war leicht.

Islam Sultanow legte den Koffer auf das Bett und brach die Schlösser mit einer Messerspitze auf.

Wißt ihr, was darin war? Ein alter, von Motten durchlöcherter, orientalischer Mantel. Er war bordeauxrot, aus veloursähnlichem Stoff, und seine Vorderseite sowie die Säume waren mit Gold verziert.

Ich stand mit offenem Mund da. Islam Sultanow staubte den Mantel ab und sagte: »Komm, hilf mir ihn anzuziehen.«

Ich tat es.

Im Koffer lagen noch lange, stolaähnliche Stoffe, die genauso abgenutzt waren. Islam Sultanow umwickelte mit einem davon seine Taille, mit dem anderen den Kopf. Von irgendwoher nahm er einen kleinen Ring mit flachem Siegel heraus und sagte kichernd: »Wie es aussieht, war der Vater so groß wie ich ... Schau mich an, bin ich der Khan von Kirbal?«

Es war bereits dunkel, und im Lampenlicht bot er ein wirklich außergewöhnliches Bild dar.

»Du bist Molla Nasreddin*«, antwortete ich lachend.

»Gut, aber nur bis ich auf ein Pferd steige ... Danach verwandle ich mich in den Khan.«

Es war der Königsmantel seines Vaters.

»Du siehst doch, nichts geht verloren«, lachte er leise.

Auch ich lachte.

Damals konnte ich solche Dinge noch gar nicht verstehen.

Ich hatte nicht mal eine Vermutung.

Ich spürte nur, wie doch jeder Mensch etwas Verborgenes in sich trägt und sich als etwas so Wunderbares entpuppen kann, daß man sogar bereuen konnte, es nicht früher bemerkt zu haben.

33.

Nach einer Woche begann für mich ein völlig anderes Leben.

Islam Sultanow verließ unsere Stadt und auch Georgien für immer.

Er sagte mir direkt, daß er nicht vorhatte, jemals wiederzukommen. Er kehrte nach Hause, in seine richtige Heimat zurück. Seine einzige ihn mit der Heimat verbindende Erinnerung bestand darin, wie die als einfache Hirten verkleideten Begleiter seines Vaters ihn in einem Sack versteckten und so vom Schlachtfeld schmuggelten.

Er ließ nicht zu, daß ich ihn begleitete.

»Ich fahre mit dem Zug nach Tbilissi, von dort fliege ich«, sagte er.

Er hatte weder vor dem Krieg noch vor jenen Schwierigkeiten Angst, die auf dem Weg auf ihn lauerten.

* Ein berühmter Protagonist humoristischer persischer Geschichten.

Das aber war meine kleinste Sorge.

In seinem Zimmer, im hinteren Teil des Klubs, war alles unberührt. Als ich dort eintrat und die auf dem Stuhl stehende Teetasse sah, begann ich zu weinen.

Das war kein schmerzliches Weinen, sondern ein gütiges. Ein sehr gütiges. Ich wollte jeden Gegenstand mit der Hand berühren. Ich schaffte es mit Mühe, mich nach Hause zu schleppen.

Die zwanzig Jahre andauernde Freundschaft, eine stille und wahrhaftige Freundschaft war zu Ende.

Er ging genauso fort, wie er es angekündigt hatte. Ich lauerte ihm nicht mal an unserer Straßeneinfahrt auf, denn er hatte mich davor gewarnt.

»Ich will so etwas nicht sehen. Du bist schon ein Mann, und ein Mann hat zwar ein Recht auf solche Sachen im Leben, aber nicht vor den Augen der anderen. Du mußt alles in dich hineinfressen.«

An jenem Abend sprach er sehr merkwürdig und auch irgendwie streng mit mir. Er schien nicht verärgert zu sein, aber er gab mir keine Möglichkeit, mich von ihm zu verabschieden. Er betrachtete es nicht als einen Abschied, ich aber wußte doch nicht, daß es für ihn kein Abschied war.

»Hör zu«, sagte er ruhig zu mir, »jeder Mensch hat seinen Schatten. Dieser Schatten ist das, was er nicht sein will. Es ist durchaus möglich, daß er seinen Schatten sein ganzes Leben lang zu bekämpfen versucht, aber dieser dennoch immer wieder in Erscheinung tritt. Es kann sein, daß dieser Schatten gar nicht schlecht oder böse ist, es heißt einfach nur, daß dieser Mensch diesen Schatten nicht haben will. Aber es kann auch vorkommen, daß das Leben ihn dazu verdammt, genau diesem Schatten zu folgen. In diesem

Fall wird der Schatten riesig und endlos sein. Der Mensch wird denken, daß er es nicht gewollt hat, aber er kann dem Schatten auch keine Vorwürfe machen, denn er hat ihn so lange so treu begleitet, und obwohl der Mensch ihn abgelehnt und vermieden hat, half ihm der Schatten bei tausend Angelegenheiten. Es kann sich sogar herausstellen, daß während des ganzen Lebens der Schatten häufiger im Recht war als der Mensch selbst ... Merk dir das und außerdem ...«, er reichte mir ein gefaltetes Papier, »nimm noch das und bewahre es gut auf. Ich hab es sogar mit dem Ring gesiegelt.«

Er zeigte mir den Ring an seinem Zeigefinger und lachte leise.

»Bewahre es gut auf, als Erinnerung an mich. Wer weiß, wozu du es noch brauchen kannst.«

Der Brief war jenem gleich, den er mir damals in die Armee mitgegeben hatte. Die gleiche Schrift. Ich weiß bis heute nicht, ob es Persisch oder Arabisch war.

Ich war aufgewühlt, und dieser kleine Zettel brachte mich völlig aus der Fassung. Ich konnte kaum ein paar Worte herauspressen: »Was steht da?«

»Ungefähr das gleiche wie in jenem Brief damals«, lachte er.

»Und was stand dort?«

»Dort stand die reine Wahrheit«, sagte er und strich mit der Hand über sein Gesicht. »Nämlich, daß du mein jüngerer Bruder bist und daß ich, Islam Sultanow, Khan von Kirbal, denjenigen, der dich gefangenhält, bitte, mir dein Leben zu schenken.«

Ich senkte den Kopf.

»Nicht ohne Gegenleistung natürlich. Es kommt die Zeit,

da ich dir alles zehnmal zurückzahlen werde, so stand es dort geschrieben, glaube ich.«

»Und was steht hier?«

»Auch hier das gleiche, ohne die Gefangenschaft zu erwähnen.«

Ich wollte nicht weggehen, aber ich mußte es tun.

»Du mußt Englisch lernen!«

Auch wenn das merkwürdig erscheint, waren es seine letzten Worte. Er hat mich nicht umarmt. Er legte mir lediglich seine Hände auf die Wangen und schaute mich von unten an.

Ich war größer als er.

34.

Wir zogen in Etappen nach Tbilissi um. Erst ging ich, dann nahm ich Tamriko und das Kind zu mir. In unserer Stadt blieb kein einziger junger Mensch. Erst arbeitete ich als einfacher Arbeiter auf den Baustellen, dann versuchte ich auf den Basaren mein Glück. Später begann ich als Taxifahrer zu arbeiten. In einer Großstadt Taxi zu fahren schafft nicht jeder. Man muß die Straßen kennen. Nicht nur die Straßennamen, sondern auch, wie die Bewohner diese Straße nennen, was oft mit dem offiziellen Namen nichts zu tun hat. Wenn du das nicht drauf hast, was hast du dann in einer Großstadt verloren?

Dann hatte ich Glück, und ich wurde als Fahrer mit festem Gehalt eingestellt.

Wenn du einmal bei einer ausländischen Firma gelandet bist, dann wechselst du solche Arbeitsstellen ganz leicht. Man kennt dich und vertraut dir. Du findest problemlos eine Anstellung, außerdem fährst du ein gutes Auto. Du mußt zwar viel unterwegs sein, denn die Ausländer fahren kreuz und quer durchs ganze Land, aber es ist trotzdem viel besser, als in Tbilissi Taxi zu fahren.

Das Einkommen reicht aus, um im letzten Stockwerk des letzten Wohnblocks im entferntesten Viertel von Tbilissi eine Zweizimmerwohnung zu mieten und die Familie einigermaßen durchzubringen.

Obwohl ein solches Leben ein Gewinn zu sein scheint, gibt es einen Haken: Es liegt keine Zukunft vor dir.

Aber wahrscheinlich hat man soviel Angst vor dem, was man hinter sich gelassen hat, daß das, was man in diesem Moment hat, als Glück empfunden wird. Wenn du dieses Gefühl aber verlierst, dann ist plötzlich das, was hinter dir liegt, und das, was du jetzt hast, das gleiche.

Bei uns gab es die letzten großen Unruhen, als auf der anderen Seite des Flusses die Truppen der alten Regierung erschienen, die die Stadt rasch einzunehmen planten, während sich die Kampfeinheiten der neuen Regierung in Kutaissi versammelten.

Es ging nur darum, wer am schnellsten am Zug sein würde. Um ehrlich zu sein, hatte die Stadt vor beiden Seiten Angst. Man befürchtete, daß es zu Plünderungen kommen würde.

»Was spielt es für eine Rolle? Die einen werden dich zwingen, freiwillig Sachen herauszugeben, die anderen werden sie dir gewaltsam abnehmen«, so sagte man.

Aber was besaßen wir überhaupt: Höchstens hätte man eine Kuh oder ein Schwein geschlachtet und das Fleisch mitgenommen. Viele taten das auch. Kurzum: Es ging ums Durchhalten und Überleben. Niemand kann mit Sicherheit sagen, warum auf einmal mit Kanonen geschossen wurde. Wahrscheinlich dachte eine der Seiten, daß die

Stadt von den Gegnern eingenommen wurde. Wir lagen auf dem Boden, ich schaffte es irgendwie, das Kind unter mir zu verstecken, später auch Tamriko und meine Mutter zu schnappen, und so harrten wir zusammen aus. Später wurde bekannt, daß es keine Opfer gab und daß die Regierungsarmee in die Stadt einmarschiert war.

Die Armee wurde von jenem Mann angeführt, den wir alle kennen, aber wie ihr seht, vermeide ich die Nennung von Namen. Er war sowohl ein General als auch ein Marschall.

Sie marschierten in die Stadt ein und nahmen das Gebäude des Regionalkomitees ein. Ich ging nicht auf die Straße. Wenn etwas auf uns zurollte, wollte ich darauf bei mir zu Hause warten.

Zwei Tage vergingen ruhig. Lediglich ein Gerücht verbreitete sich, wonach man die Anhänger der alten Regierung verhaftet und nach Kutaissi überführt habe.

Nach zwei Tagen kamen einige Jungs aus der Gegend mit dem Auto zu uns. Wie sich herausstellte, wollte mich mein Kumpel sehen. Obwohl ich mein Haus nicht verlassen wollte, ging ich mit ihnen mit.

Im Haus meines Kumpels fand ich einen gedeckten Tisch vor. Einige Typen aus Tbilissi waren anwesend.

»Der ehrlichste Mann unserer Stadt ist gekommen«, sagte mein Kumpel, »ich würde eine gegen ihn gerichtete Kugel mit meinem Körper abfangen. Bruder, sie wollen mit dir sprechen. ER will dich sehen. Ich wußte zwar, daß du ein cooler Typ bist, ich hatte aber keine Ahnung, wie cool du bist.«

Er meinte deren Anführer.

Ich wunderte mich sehr, und bis man mich zu ihm

brachte, schossen mir viele Gedanken durch den Kopf, ohne daß ich wirklich verstand, was das Ganze sollte. Ich war so aufgewühlt, daß mir nicht mal der Geschmack des Weins in Erinnerung geblieben ist. Die Tbilisser Typen sprachen einige Zeit am Funksprechgerät, und dann sagte einer zu mir: »Komm, wir müssen los!«

Wir fuhren mit Jeeps zum Regionalkomitee.

Es wurde bereits dunkel, und unsere Stadt sah sehr häßlich aus, häßlich und hoffnungslos.

Wir gingen durch Korridore, und dann befahl man mir zu warten.

»Komm rein!« rief jemand einige Zeit später.

Es war wahrscheinlich das Arbeitszimmer des Vorsitzenden des Regionalkomitees. Der Tisch war gedeckt.

Ich trat auf zwei ältere Herren zu, der dritte saß ein wenig entfernt im Sessel und las Zeitung. Das war ER. Jetzt weiß ich es ganz genau. Wißt ihr, was solchen Menschen eigen ist? Aus der Ferne haßt du sie, und von der Nähe wirst du irgendwie zu einem Teil von ihnen. Du existierst nicht mehr. Nur ER ist existent.

Er sah mich an und fragte: »Ist er es?«

Ja, bekam er zur Antwort, und meine Begleiter gingen raus. Der andere Mann hörte auf zu essen und schaute uns an. Ich wußte nicht, was ich sagen sollte. Er betrachtete mich von Kopf bis Fuß, dann klopfte er mir auf die Schulter: »Ach, Bruder, du siehst doch, was für ein Leben jetzt angefangen hat!« Danach folgte eine sehr lange Tirade. Ich begriff nicht, was er meinte, ob er vorhatte, mir einen Befehl zu erteilen, oder ob mich etwas völlig anderes erwartete.

Ich stand schweigend da.

Dann seufzte er und sagte: »Sultana ist ums Leben gekommen. Schon vor zwei Wochen, und er hat mich vor langer Zeit gebeten, dich in diesem Fall ausfindig zu machen und zu benachrichtigen.«

Das sagte er mir sehr einfach und direkt, zugleich berührte er meinen Arm mit der Hand und schaute mir prüfend ins Gesicht.

Mir war sehr nach Weinen zumute, aber ich beherrschte mich.

»Ich habe zwar schon vor einiger Zeit davon erfahren, wollte es dich auch wissen lassen, bin aber nicht dazu gekommen. Es ist sehr schwer, ein verrücktes Land zu regieren. Dann landete ich durch Zufall hier. Zeig mal, wo er gewohnt hat!«

Das sagte er mir sehr beiläufig. Sicher wollte er meine Gedanken auf etwas anderes lenken.

Was hätte ich antworten sollen? Ich versuchte mit allen Kräften, das Weinen zu unterdrücken.

»Er war ein sehr guter Mann. Wir sind einander begegnet, als wir noch Jungen waren. In den Lagern dieses verfluchten Drecksacks.« So formulierte er.

»Ich zeige es Ihnen«, sagte ich.

Er hängte sich eine alte Offizierstasche um, und wir gingen los.

Man erzählt in unserem Viertel bis heute, wie ich ihn in den Klub brachte, von sechs Armeejeeps begleitet ...

Das Zimmer war immer noch unberührt und verschlossen. Sogar der Buchhalter des Klubs rührte es nicht an. Er dachte, daß Islam Sultanow vielleicht zurückkehren würde. Später wurden dort Flüchtlinge untergebracht, und das war auch gut so.

»Es ist eine Zelle«, sagte der Mann plötzlich, »unsere Zelle.«

Er setzte sich aufs Bett und schaute mir direkt in die Augen.

»Kannst du etwas aushalten?« fragte er mich.

Ich verstand nicht, was er damit meinte.

Er nahm seine Tasche, wühlte dort einige Zeit herum und nahm einen vergilbten, nicht zugeklebten Briefumschlag heraus.

»Hier. Ich trage den Brief seit einem Jahr mit mir herum. Sultana bat mich vor seiner Abreise, ihn dir zu schicken, falls er sterben sollte. Ich habe ihn bereits gelesen ...«

Dann zuckte er die Schultern und fügte hinzu: »Man hat heimlich jemanden bei ihm eingeschleust. Der hat Sultana umgebracht. Er hatte bereits das halbe Land eingenommen. So muß ein König sein, Junge. So ist ein König!«

Dann reichte er mir den Brief, klopfte mir auf die Schulter und ging raus. Er ließ mich im kleinen Zimmer von Islam Sultanow zurück.

Seitdem habe ich ihn nie mehr gesehen. Wo denn auch?

35.

Beso, mein Bruder,
ich möchte hoffen, daß Du diesen Brief nie lesen wirst. Ich habe heute einen einzigen Traum: Dich in mein Land einzuladen und es zu Deinem Land zu machen. Dort, wohin ich reise, weiß jeder, daß Du sowohl mein Bruder als auch mein Sohn und überhaupt alles bist, was ich auf der Welt habe.

Das Schwierige an der Sache ist wahrscheinlich, daß ich mein Land erst zurückerobern muß. Es geht nicht anders, denn sonst wäre es eine Lüge. Dafür werde ich vermutlich kämpfen müssen, aber ich werde mein Land zurückerobern und Dich dann einladen. Denn alles, was es dort gibt, gehört Dir genauso wie mir.

Ich nannte Dich meinen Bruder, denn es ist nicht richtig, den Sohn eines anderen deinen eigenen zu nennen.

Falls es so kommen sollte, daß ich diesen Kampf verliere und es nicht schaffe, mein Land zurückzuerobern, mußt Du wissen, daß ich nicht verloren habe, denn Du lebst und lebst so, wie es einem Mann zukommt. Ich will Dich weder zu etwas zwingen noch Dich belehren, aber vergiß nicht, daß, egal ob verloren oder gewonnen, Du Dein Land hast, daß Du mein Erbe bist, und falls Du Dich jemals entschließt, herzukommen und Dein Land anzunehmen, es immer auf Dich warten wird. Vielleicht wirst Du wegen meiner Schwäche kämpfen müssen, aber dort wird keiner zu Dir sagen können, daß es nicht Dein Land ist. Jeder wird wissen, wer Du bist.

Es gibt immer etwas, wofür es sich zu kämpfen lohnt. Hauptsache ist, sich dazu zu entschließen.

Ich werde alles tun, damit Du hier um nichts mehr zu kämpfen hast, aber das Leben kann anders entscheiden.

Ein langes Leben für Dich und deine Familie.

Dein Bruder Islam Husein,

Khan von Kirbal.

Ebenfalls im Weidle Verlag erschienen:

Aka Morchiladze
Reise nach Karabach
Roman

Aus dem Georgischen von Iunona Guruli
180 Seiten, fadengeheftete Broschur, 20 Euro
Einbandgemälde: Karlo Kacharava
Gefördert vom Georgian National Book Center
978-3-938803-87-5

Zwei junge Männer in einem Lada unterwegs von Tbilissi nach Aserbaidschan, um Drogen einzukaufen. Doch was als Roadmovie beginnen will, endet als Kriegsfilm.

Der georgische Klassiker von 1992 über eine verlorene Liebe und eine verlorene Generation auf der Suche nach Freiheit und nach sich selbst.

»Man versteht, daß Morchiladzes Roman zum Kultbuch geworden ist. In der mal rotzig-aggressiven, dann unversehens lyrischen Erzählstimme seines Helden nimmt eine Generation Gestalt an. Der junge, männliche Homo postsowjeticus, der später oft zum Klischee erstarrt ist, läßt sich hier in einer frühen Erscheinungsform betrachten: fatalistisch, träge und desillusioniert, aber ausgestattet mit guten Reflexen und Instinkten.
Oder wie Gio: vielleicht doof, aber tough.«
Christoph Bartmann, *Süddeutsche Zeitung*

»Morchiladze erzählt – ironisch, packend, spannend – von einem jungen Menschen, der sich, gefangen zwischen Familientradition und politischem Chaos, selber finden muß. Kein Hamlet, kein Don Quijote, sondern ein Gio.«
Sätze und Schätze

Ebenfalls im Weidle Verlag erschienen:

Zurab Karumidze
Dagny oder Ein Fest der Liebe
Roman

Aus dem englischen Original von Stefan Weidle
288 Seiten, fadengeheftete Broschur, 23 Euro
Einbandzeichnung: Levke Leiß
Gefördert vom Georgian National Book Center
978-3-938803-85-1

»Das postmoderne Feuerwerk eines Georgiers, der die norwegische Rakete Dagny Juel, die Munch, Strindberg und dem Berliner Bohemien Stanislaw Przybyszewski den Kopf verdrehte, zusammen mit dem Mystiker Georges Gurdjieff und dem jungen Stalin in einen fantastischen Orbit schießt.«
Gregor Dotzauer, *Der Tagesspiegel*

»Mit spielerischer Leichtigkeit verknüpft Karumidze all die kleinen Anekdoten, Geschichten und Mythen über sein Heimatland nicht nur zu einem anspruchsvollen Roman, sondern zugleich zu einem schillernden Kaleidoskop georgischer Geschichte und Kultur.«
Moritz Müller-Schwefe, *Süddeutsche Zeitung*

»Wer jedenfalls im Jahr des georgischen Gastlandauftritts auf der Frankfurter Buchmesse als Fremder einen Blick auf populäre Mythen und Gestalten der Geschichte des Landes werfen will, vermengt mit haarsträubenden, geradezu Sterne-haften Abschweifungen zur Sprache und Kultur, der findet davon hier reichlich.«
Tilman Spreckelsen, *FAZ*

The book is published with the support
of the Georgian National Book Center
and the Ministry of Culture and Sport of Georgia.

GEORGIAN
NATIONAL
BOOK
CENTER

MINISTRY OF CULTURE
AND SPORT OF GEORGIA

Georgia
Made by Characters
Guest of Honour
Frankfurter Buchmesse 2018

Dank an Irena Popiashvili, Lika Kacharava
und besonders an Bela Chekurishvili
für die Durchsicht der Übersetzung.

Beethovenplatz 4, 53115 Bonn
www.weidle-verlag.de

Lektorat: Stefan Weidle
Korrektur: Kim Lüftner, Eva-Maria Kempe
Gestaltung und Satz: Friedrich Forssman
Einbandgemälde: Karlo Kacharava (1964–1994)
Schriften: Cassia und Lota Grotesque
Druck: Ph. Reinheimer GmbH, Darmstadt
Bindung: Schaumann, Darmstadt

Die Deutsche Bibliothek – CIP-Einheitsaufnahme
Ein Titeldatensatz für diese Publikation ist bei
Der Deutschen Nationalbibliothek erhältlich.

Dieses Buch wurde klimaneutral gedruckt.
natureOffice.com | DE-077-134232

978-3-938803-89-9